Amore Improbabile

Chi siamo noi per fermare l'amore?

Ashley Colem

AMORE IMPROBABILE

First edition. December 9, 2023.

Copyright © 2023 Ashley Colem.

ISBN: 979-8223404057

Written by Ashley Colem.

Also by Ashley Colem

Bien Trop Brutal

Obsede Par Elle

Limite dépassée

Amour Improbable

Kataliya, la Parfaite Élue

Le Choix Ultime d'un Seul Amour

Réveille-toi, Barbara

Sexe à Répétition

Taïna est en feu

Captive d'une Nuit Enneigée: Jusqu'à ce qu'elle apparaisse et que son âme se sente captivée

Ces Attouchements Tabous: Cette nuit-là, il a changé ma vie pour toujours

Épuisement: Sienna est peut-être jeune, mais son corps sait ce dont il a besoin

Il va l'avoir: William veut Jesse plus que tout au monde

La Femme de ses Rêves: Il est obsédé par la jeune beauté qui lui a volé son cœur

Le No 1 des Connards: Il ne cherche pas d'excuses pour ce qu'il est ou ce qu'il fait

L'étrange Mariage du Milliardaire

Maintenant... Elle est à moi pour Toujours: Je mets un bébé dans son ventre et une bague en diamant à son doigt

Piégé par elle

Tenir si Fort: Il ne savait pas qu'une obsession pouvait s'emparer de lui aussi fort

Un Alpha de Mauvais Caractère: Aucune femme n'a jamais été capable de le gérer

Un Échange Très Étrange: Le destin de Cian et de Serenity, croisés dans un lycée américain

Limite Superato

Amore Improbabile

Gabriel Cole non ha molto tempo per i suoi problemi. Ma quando sua madre torna da un fine settimana a Las Vegas, sposata con un uomo che non ha mai incontrato, decide di indagare. Si scopre che ha collaborato con un truffatore che ha lasciato dietro di sé una scia di mogli abbandonate e debiti inesigibili. Quando Gabriel scopre che il suo nuovo suocero ha una figlia, decide di indagare anche su di lei. Non sarà pronto a darle tutto ciò che desidera finché non incontrerà la sua nuova sorellastra.

Elena è un'infermiera domiciliare per giovani madri. Ma ha deciso di prendere in mano la situazione perché ha bisogno di avere un figlio. Anche se non è l'ideale, non vede l'ora di trovare l'uomo perfetto. Ma una telefonata durante un'ultima missione minaccia di far deragliare tutti i suoi piani attentamente pianificati.

Questo romanzo contiene molta infantilità ed è una delizia sporca e viscida.

Capitolo 1

Odette

Fisso il ragazzino avvolto tra le mie braccia mentre mi rivolge un sorriso pieno e gommoso. "Mi mancherai", tubo. Si lascia sfuggire una piccola risatina, allungando la mano e tirando una ciocca dei miei capelli scuri. Assomiglia così tanto a sua madre. Mi chiedo se il mio bambino mi assomiglierebbe.

Sto con la famiglia Dickens ormai da tre mesi ed è ora che me ne vada. Andarsene è la parte più difficile del mio lavoro. Lo è sempre. Non sono sicuro per quanto ancora potrò andare avanti così. Ogni bambino mi prende un po' di più e io non posso sopportare molto di più. Per quanto ami stare con i bambini, è difficile quando è qualcosa che desidero più di ogni altra cosa al mondo, qualcosa che ricordo di aver desiderato da quando ero una bambina e tenevo tra le braccia la mia prima bambola.

Alzo lo sguardo verso la signora Dickens. Ha il labbro tra i denti. "Starai bene", cerco di rassicurarla. La piccola Samuel è il suo primo figlio, ma è una mamma fantastica. In tutta onestà, non penso che avesse nemmeno bisogno di me, ma ad alcuni genitori piace davvero avere una balia convivente quando portano i loro piccoli a casa dall'ospedale. Li mette a proprio agio, e ancora di più con i genitori alle prime armi.

"Non so come faremo senza di te." La preoccupazione permea le sue parole mentre mi avvicino a lei e le metto Samuel tra le braccia.

"Hai capito. Sei più che pronto." Guarda il suo bambino con tanto amore. Trattengo le lacrime mentre saluto e prendo la borsa.

È solo quando sono sul retro del taxi che finalmente mi lascio sfuggire una lacrima. So che mi mancherà il piccolo Samuel. Amo ogni bambino di cui mi prendo cura. Posso solo immaginare l'amore che proverei per me stesso. È oltre la mia comprensione. So che non puoi capire quell'amore finché non tieni il tuo bambino tra le braccia per la prima volta.

Mi fermo alla panetteria in fondo alla strada da casa di mia madre e prendo i nostri panini appiccicosi preferiti alle noci pecan prima di andare a casa. Ha lavorato come una matta negli ultimi mesi dopo che qualcuno si è dimesso dall'ospedale. Non la vedo da settimane e mi manca.

"Mamma, sono a casa", chiamo quando entro dalla porta sul retro. Pensavo che quando andavo al college mia madre si sarebbe trasferita in città e fuori dalla periferia, ma non l'ha mai fatto. È sempre stata quella che ama il trambusto della città. Sono più discreto e mi piace stare in periferia.

Sono tornata a vivere con mia madre dopo essermi laureata. Non sono sicuro che tu possa chiamarlo "vivere con lei" perché tecnicamente sto con lei nella mia vecchia stanza solo quando sono tra un lavoro e l'altro. Il che non accade spesso. Non è difficile trovare lavoro nel mio campo. Può essere difficile trovare infermiere conviventi. Inoltre, mi ero diplomato al primo posto della mia classe e il mio elenco di consigli parla da solo. Molte volte le famiglie hanno cercato di convincermi a restare più a lungo, ma ho sempre detto di no. Ho paura di affezionarmi troppo. E una parte più grande di me pensa che un giorno metterò su famiglia. Quel giorno non è ancora successo e ho deciso di fare qualcosa al riguardo.

Mi fermo quando vedo mia madre in piedi davanti al tavolo della sala da pranzo con le mie cartelle sparse sopra. Mia mamma è una pediatra e i camici compongono il suo intero guardaroba. È vestita di azzurro oggi.

Immagino che amare i bambini sia nel nostro sangue, anche se mia madre ha avuto solo me. Lavora all'ospedale locale a pochi chilometri di distanza e ricordo ancora che quando ero piccola mi portava con sé in ospedale. Non mi è mai piaciuto il fatto che non potesse trascorrere molto tempo con ogni bambino. Ecco perché ho scelto di fare l'infermiera. Poi, quando ho sentito parlare di infermiere conviventi, ho pensato che non potesse essere più perfetto per me.

Mi guarda con gli stessi intensi occhi castani che vedo ogni giorno allo specchio. Solo i suoi hanno qualche linea sottile attorno.

«Te ne andrai anche tu?» chiede, mostrando uno degli annunci immobiliari che ho stampato.

«Stavo solo guardando» ammetto.

Entro in sala da pranzo e appoggio la scatola sul tavolo contro il muro prima di avvicinarmi a mia madre. Mi abbraccia e mi sento come a casa.

"So che vuoi farlo e sono d'accordo. Ti sosterrò, Odette. Pensavo solo che saresti rimasto qui. Potrei aiutare di più in questo modo.

Mia madre farebbe qualsiasi cosa per me. So che. Ecco perché non volevo restare qui. Non mi chiederebbe mai di andarmene se avesse bisogno di spazio.

«Hai la tua vita, mamma. Ti sei a malapena iscritto per avere un bambino. Non te ne imporrò un altro."

Lei si tira indietro con un'espressione scioccata sul viso. «Elena Newman!» mi scatta. "Potrei non aver pianificato per te, ma sei la cosa migliore che mi sia mai capitata. Puoi scommetterci che farò parte della vita di mio nipote."

So che non ero un bambino programmato. Era appena uscita dalla facoltà di medicina e si innamorò di un medico dell'ospedale in cui lavorava. Ben presto, nella loro veloce storia d'amore, mia madre capì che non era bravo. Ha rotto con il mio padre biologico e subito dopo ha scoperto di essere incinta di me. Mio padre, o "donatore di sperma", come spesso lo chiamo, disse che non voleva avere niente a che fare con me. Aveva già una famiglia sua.

Ha cercato di convincere mia madre a sbarazzarsi di me, ma mia madre ha detto che sapeva che nel momento in cui aveva scoperto di essere incinta, avrei dovuto essere la sua bambina.

"Mi dispiace, mamma. Non intendevo questo," le dico mentre il senso di colpa mi colpisce. Mia madre non mi ha mai fatto sentire un errore. Mi ama con tutto il cuore. Non ho mai desiderato un papà perché mi amava abbastanza per avere due genitori. Semplicemente non volevo che le mie scelte di vita la influenzassero.

"Ho pensato che se avessi iniziato a provare ad avere un bambino, forse avrei dovuto trovarmi una casa tutta mia." Risparmiavo come un matto da quando mi sono laureato al college. Praticamente tutti i miei assegni vanno direttamente sul mio conto bancario, così posso permettermi di rimanere incinta, oltre a prendermi una grossa fetta di tempo libero una volta che avrò finalmente avuto il mio bambino.

«Tu resterai qui. Questa è casa tua. Non devi farlo da solo. So che lavoro molto, ma posso aiutarti quando sono qui. Vedo la determinazione negli occhi di mia madre. Non si tirerà indietro.

"Va bene. Rimarrò." Un po' di tensione lascia il mio corpo, perché so che non lo farò da sola. Mia mamma raccoglie tutti gli annunci immobiliari e li getta nella spazzatura, lasciando solo il pacchetto sull'inseminazione artificiale.

Mi chino e lo raccolgo. Le pagine sono consumate perché le ho lette più e più volte. L'ho tenuto in una cartella sperando di non doverlo mai usare. Che un giorno avrei trovato il ragazzo perfetto e non ne avrei avuto bisogno. Ma sono stufo di aspettare.

So che in parte è colpa mia. Sono dolorosamente timido quando si tratta di uomini. L'unica volta in cui mi sembra di stare bene con loro è quando lavoro. E probabilmente è perché sono tutti sposati.

Mia madre torna in sala da pranzo e prende la scatola dei pasticcini prima di sedersi a tavola.

"Ho già preso appuntamento", ammetto.

"Sono giunto alla conclusione." Sorride da sopra la tazza di caffè prima di berne un sorso. È sempre due passi avanti rispetto a sapere cosa sto per fare. Spero che sia un'abilità che acquisirò con mio figlio.

"Continuerò ad accettare lavori finché non rimarrò incinta", aggiungo, sperando che servano solo pochi tentativi. Voglio risparmiare quanto più denaro possibile in modo da poter restare senza lavoro più a lungo una volta che finalmente arriverà il bambino. Sorrido pensando a quel momento.

Giro la brochure e vedo sul retro una coppia felice che tiene in braccio il loro bambino. Mi si forma un nodo in gola. Amo mia madre e la famiglia che abbiamo. Siamo solo noi due e ho amato la mia infanzia. Ma sarei un bugiardo se dicessi che sono completamente d'accordo nel farlo da solo.

Voglio tutto. Essere perdutamente innamorato di un uomo che vuole una famiglia con me tanto quanto me, ma è solo un pensiero da favola.

"Un giorno lo troverai. Non starai nemmeno a guardare e lui sarà lì. Alzo lo sguardo verso mia madre, che mi sta studiando.

Non è mai uscita con qualcuno. Diamine, non l'ho mai vista mostrare interesse per un uomo. Era sempre lavoro e io, con poco altro. Sembrava sempre più che contenta, quindi perché non posso esserlo anch'io?

Alzo le spalle, non voglio parlare di un uomo che potrebbe anche non essere reale. Quello su cui posso concentrarmi è avere il mio bambino.

Capitolo2

Odette

"Lei è Odette," dico mentre prendo il cellulare dal comodino. So già chi è perché ho una suoneria impostata solo per l'agenzia.

"Ehi Odette, abbiamo ricevuto una richiesta per te stamattina. Pensi di poter fare un colloquio questo pomeriggio?" chiede Jenny con la sua voce sempre allegra. Non importa che ora del giorno sia o quanto sia impegnata, sembra sempre felice.

Lancio un'occhiata all'orologio. Avrei dovuto alzarmi trenta minuti fa, ma mi sto ancora adattando per riuscire a dormire tutta la notte. Per abitudine mi sveglio ogni poche ore pensando che ci sia un bambino da controllare, solo per ricordare dopo essermi seduto che non c'è.

Vedo che sono già le dieci e alle undici ho l'appuntamento dal medico. Dovrò darmi una mossa. È un altro motivo per cui ho avuto problemi a dormire la notte scorsa. Continuo ad avere incubi in cui mi dicono che qualcosa non va in me e che non posso avere un bambino. Scenari da incubo come quello mi attraversano continuamente la mente. Poi emerge il pensiero fastidioso che sto facendo la cosa sbagliata. Continuo a metterlo da parte, pensando che sono solo io ad avere paura di farlo da solo, ma so che posso. Amo i bambini e loro amano me. Sto bene con loro e sarò una mamma fantastica.

"Dovrebbe essere l'una dopo", le dico, sedendomi e soffocando uno sbadiglio. "Se non funziona, forse prendi qualcun altro?" Getto i piedi oltre la sponda del letto e mi strofino il sonno dagli occhi.

"No, questa era una richiesta specificatamente fatta per te. Ti manderò un messaggio con tutti i dettagli."

"Grazie", le dico prima di riattaccare.

Ho bisogno di muovere il sedere. Mi infilo sotto la doccia, sbrigando velocemente la mia routine mattutina prima di girovagare nel mio armadio per trovare qualcosa da indossare. Avevo programmato qualcosa di casual, ma sembra che probabilmente correrò dalla clinica al colloquio di lavoro.

Non è raro per me passare da un lavoro all'altro e la maggior parte di quelli che ricevo sono referenze. Questo potrebbe essere il mio ultimo lavoro come bambinaia residente. Se rimango incinta subito, ovviamente. Mi chiedo come passerò a diventare un'infermiera regolare in un ospedale o in uno studio di famiglia. So che una volta che avrò un bambino non potrò più convivere. Non sono nemmeno rimasta incinta e sto già pensando a troppi passi avanti.

Mi scelgo un semplice abito bianco che mi arriva alle ginocchia con un blazer e ballerine. Torno in bagno e mi metto un po' di mascara e lucidalabbra prima di spazzolarmi i capelli un'ultima volta. Prendo la borsa e il telefono mentre esco, poi cammino lungo la strada per prendere l'autobus. Forse dovrei prendere in considerazione l'idea di prendere una macchina.

Non ne ho molto bisogno, ma immagino che con un bambino mio lo farò. Prendo nota sul telefono per cercare i veicoli familiari più sicuri. Quando salgo sull'autobus guardo le informazioni che Jenny mi ha inviato, cercando l'indirizzo su Google Maps per determinare se dovrò chiamare un taxi o se un autobus mi porterà lì.

Vedo che incontrerò un uomo. Gabriele Cole. Il nome mi suona familiare, ma non riesco a collocarlo. Quando appare la mappa online, capisco perché il nome mi suona familiare. Cole Banking è la più grande dello stato ed è sulla buona strada per diventare una delle più grandi del paese. Per quanto ne so, lo è già.

Tutti sanno chi è Gabriel Cole per il successo che ha avuto in giovane età. Qualcosa sull'essere bravo in borsa, se ricordo bene. Non c'è molto altro che so di lui. Non riesco nemmeno a ricordare se ho già visto una sua foto. Vedo che il nostro incontro sarà nel suo ufficio. Guardo il mio vestito e mi chiedo se sono sottovestita. Ricordo a me stesso che sono una maledetta infermiera e non una donna d'affari. Non farò domanda per un lavoro in una delle sue filiali.

Forse dovrei cercarlo su Google. Sono sicuro che mi dirà qualcosa su sua moglie. Quando digito il suo nome, la prima cosa che mi viene in mente è una sua foto, e mi si mozza il fiato. No, sono abbastanza sicuro di non aver mai visto una sua foto prima d'ora, perché non è un uomo da non perdere. Tutto in lui irradia potere e dominio. Dai suoi capelli scuri ai suoi occhi scuri. Clicco su un'altra immagine, confermando quello che già pensavo. Il potere gli scivola via. È un uomo grande e grosso, e nella foto è con alcuni altri uomini, ma domina facilmente tutti loro. Non è nemmeno solo la sua altezza; è grande dappertutto. Nessuna delle foto che sto scorrendo lo mostra nemmeno con una donna. Inoltre non noto un anello al dito.

Faccio clic sul collegamento Wikipedia su di lui, sperando che mi dia qualcosa, ma lo elenca come single. Interessante. Forse stanno mantenendo un basso profilo o qualcosa del genere. Provo un po' di senso di colpa per l'attrazione che ho provato quando ho visto per la prima volta la foto di Gabriel. Appartiene a qualcun altro. Ho bisogno di ricordarmelo. Non ho mai avuto pensieri del genere prima su un cliente. È un po' inquietante. Inoltre non ho mai avuto un'attrazione immediata per un uomo. Normalmente devo sforzarmi di uscire con qualcuno, sperando che uno possa crescere nel tempo. Ma non lo fa mai.

Alzo lo sguardo quando sento l'autista dell'autobus chiamare la mia fermata. Metto via il telefono ed esco. È solo una breve passeggiata fino allo studio del medico e rimango fuori a guardare l'edificio. Non sono così eccitato come pensavo. Qualcosa non va. Quando ero piccola e giocavo con le mie bambole, non avevo mai immaginato che ciò accadesse in questo modo. Scuoto la testa, cercando di scrollarmi di dosso la festa della pietà che sto organizzando per me stessa.

Entro nello studio del medico, incollando un sorriso che non sento. Compilo i documenti ed eseguo tutti i movimenti, ma giuro che non accetterò. È solo quando il dottore posa una pila di cartelle davanti a me che finalmente esco dalla trance che ho. d caduto sotto.

"Questi sono possibili donatori", mi dice, facendo scorrere le cartelle verso di me. Esito un attimo prima di allungare la mano e prenderli. Mi siedo lì con loro, ma non ne apro nessuno. «Portali a casa e controllali. Se avete domande, sentitevi liberi di chiamarmi o mandarmi un'e-mail", aggiunge.

"Grazie" rispondo senza guardarla. I miei occhi sono ancora fissi sulle cartelle. Non voglio raccoglierli.

"Presto avremo i risultati dei test e poi ti chiamerò", dice il dottore, poi si alza. Faccio lo stesso, sapendo che devo portare queste cartelle con me. Alla fine mi allungo e li afferro, attirandoli al petto. Vorrei aver portato con me una borsa più grande. La dottoressa deve leggermi in faccia perché apre un cassetto e tira fuori una borsa in cui posso mettere i fascicoli.

"Grazie", le dico mentre usciamo dal suo ufficio. Quando esco sulla strada trafficata non sento niente di come pensavo. Pensavo che sarei stato più emozionato, ma mi sembra più come realizzare che non sto ottenendo la vita che avevo sempre sognato.

Alzo lo sguardo, pensando che qualcuno mi stia fissando. Mi guardo intorno ma non vedo nessuno vicino a me. Tutti vanno e vengono come in un'altra normale giornata impegnativa in città. Prendo il telefono e mando un messaggio a mia madre per dirle che è andato tutto bene, così non si preoccupa. Voleva venire con me, dicendo che avrebbe chiamato senza lavoro, ma le ho detto che sarei stato bene.

Non mi sento bene. In effetti, non mi sono mai sentito più insicuro in vita mia.

Capitolo 3

Gabriele

Tengo il giornale sulla faccia finché lei non passa. Non so come non si sia accorta che la seguivo nello studio del medico o ero seduto nella sala d'attesa con una rivista in mano, ma era completamente ignara. L'ho anche seguita fuori dopo e lei ancora non ne aveva la più pallida idea.

Quando ho sentito parlare per la prima volta di Elena Newman, ho pensato che sembrasse una vecchia signora. Ma quando l'infermiera la chiamò Odette, le stava bene. I suoi lunghi capelli scuri e gli occhi scuri erano ipnotici. Ho dovuto controllarmi un paio di volte per essere sicuro di non essere sorpreso a fissarlo. Aveva un culo grosso per la sua piccola taglia e non riuscivo a distogliere lo sguardo da esso. Anche adesso, mentre la guardo camminare, sono in trance.

"Cazzo, cosa sto facendo?" Mi dico mentre premo il pulsante del telefono per chiamare il mio autista. Si ferma al marciapiede quasi un secondo dopo e gli dico di portarmi nel mio ufficio. Devo picchiarla lì, e devo toglierle gli occhi dal culo, e il mio cazzo ha bisogno di calmarsi se voglio farlo.

La guardo mentre chiama un taxi e poi sale, chiudendo in sicurezza la porta mentre le passiamo accanto. Come ho potuto immischiarmi in tutto questo?

Sorridere alla receptionist e prometterle di farla entrare nel club più alla moda della città è stato un modo semplice per ottenere ciò che volevo. Ho scoperto che la signora Newman era lì per l'inseminazione artificiale, ma era solo l'incontro preliminare. Non era ancora stato deciso nulla e questo ha contribuito notevolmente a calmare la mia ansia.

Non doveva andare così. Niente di tutto questo sarà pianificato.

"Merda", sospiro e mi metto la faccia tra le mani, stropicciandomi gli occhi.

È tutta colpa di mia madre.

Barbara Cole è andata a Las Vegas per il fine settimana ed è tornata con suo marito. Adesso lei è sposata e io sono rimasto bloccato con lo stronzo che ha portato a casa. La prima volta che l'ho incontrato sapevo che era uno squallido e cercava solo i soldi di mia madre, che guarda caso sono i miei soldi. Mia madre è una santa e la gente ne ha già approfittato in passato. Di solito sono bravo a proteggerla dai mostri come lui, ma pensavo che avesse bisogno del fine settimana con le sue amiche. Avrei dovuto sapere che da quella città non viene nulla di buono e, ragazzi, Barb è andata a dimostrarmi che avevo ragione.

Il mio telefono squilla e abbasso lo sguardo e vedo lo schermo illuminarsi con il suo nome. Tutto quello a cui riesco a pensare quando vedo il suo nome è: e adesso?

"Ehi mamma", dico, incapace di ignorarla. "Sto andando a una riunione. Che cosa succede?"

"Ciao dolcezza. Volevo solo chiamarti per vedere se eri libero per cena stasera. Vick ha delle idee meravigliose sugli investimenti. Sai che non sono bravo con questo genere di cose, e ho pensato che potresti aiutarmi.

Devo mordermi la lingua per non perdere la pazienza. Amo mia madre, ma Dio sa che non ha un gusto eccezionale in fatto di uomini.

"Non so quanto tempo ci vorrà, ma lascia che ti aiuti. Manderò Ryan, il mio consulente finanziario, e sarà in grado di rispondere a qualsiasi domanda tu abbia. Il mio ragazzo Ryan non darebbe a questo ragazzo due centesimi di legno.

"Oh, sembra perfetto. Ok, se non puoi preparare la cena, pranziamo presto."

"Va bene, ti chiamo domani", dico e poi la saluto.

Stringo il telefono in mano e, anche se sono tentato di romperlo, non lo faccio. Ne ho ancora bisogno, anche se sono incazzato.

"Tutto a causa di Las Vegas", dico a me stesso mentre mi siedo in macchina e mi dirigo verso l'ufficio.

Una volta che sono lì, sono come una tigre in gabbia che cammina su e giù per il mio ufficio. Quando mi siedo, tampono le dita sulla scrivania, diventando ansioso. Alla fine premo il pulsante del telefono per chiamare la mia segretaria.

"È già qui, Carol?" chiedo con impazienza.

"No signore. Sono passati solo quattro minuti dall'ultima volta che me lo hai chiesto. Ti prometto che lo saprai non appena arriverà." Emetto un suono irritato e riesco a sentire il sorriso nella sua voce quando si riaccende. "Non è prevista per altri quindici."

"Ne sono consapevole", dico e riattacco. Sono quasi certo di poterla sentire ridere dall'altra parte del muro, ma probabilmente è la mia mente che mi gioca brutti scherzi.

Mi alzo di nuovo e inizio a camminare avanti e indietro. Non è possibile che fossi così distante da lei in macchina. Forse si è fermata a prendere un caffè o ha cambiato idea. Non penso che nessuna di queste sia una possibilità, quindi forse mi sto agitando per niente.

Proprio mentre faccio un altro passaggio sul tappeto, il mio telefono emette un segnale acustico ed è Carol. "Sig. Cole, la signora Newman è qui per vederti", dice con voce fredda e calma.

Non ho la possibilità di rispondere prima che la porta si apra e lei stia entrando.

Ottenere il massimo effetto da lei direttamente è quasi stridente. I suoi occhi caldi e i suoi lineamenti sorprendenti sono sufficienti a farmi tremare le ginocchia. Ma quando mi sorride, mi dà un pugno dritto nel petto.

"Piacere di conoscerla, signor Cole. Chiamami Odette», dice, offrendomi la mano e facendo un passo avanti.

Ho avuto incontri d'affari con leader di paesi e ho concluso affari da miliardi di dollari a colazione. Ma non sono mai stato così muto e sconcertato come davanti a questa donna perfetta.

"Gabriele." dico e le prendo la mano nella mia. È tutto quello che riesco a sfuggire alle mie labbra perché sono troppo occupato a pensare di portarla a terra e strapparle le mutandine mentre mi avvicino a lei come un cane.

"È un piacere conoscerti, Gabriel", dice, e devo sbattere le palpebre un paio di volte per tornare sulla terra.

"Odette", dico, assaporando il suo nome in bocca.

Non avrei mai immaginato che, guardandola, mi sarei totalmente e completamente innamorato. Soprattutto visto che è la mia sorellastra.

Capitolo 4

Odette

Mi mordo il labbro, incerta su cosa fare quando Gabriel non mi lascia la mano. È ancora più attraente dal vivo che nelle foto che ho visto. Dò un piccolo strattone alla mia mano e lui abbassa lo sguardo, come se si fosse reso conto solo adesso che la tiene ancora. Mi strofina il pollice sulle nocche prima di lasciarmi finalmente andare. Il semplice pennello mi fa venire la pelle d'oca sulla pelle. Sono sicuro che la mia pelle chiara mostra un rossore. Lo fa sempre.

Mi guardo intorno nel suo enorme ufficio, cercando di nascondere il colore che mi macchia le guance e chiedendomi se la sua dolce metà è qui. Non c'è nessun altro tranne lui e io, e mi chiedo che tipo di donna ci vorrebbe per catturarlo. È così messo insieme dal modo in cui si comporta, ma l'ombra delle cinque sul suo viso e l'accenno di un tatuaggio sul polsino della camicia mostrano qualcosa di leggermente diverso. Non è un tipo arrogante dietro una scrivania. È ruvido attorno ai bordi. Mi fa pensare che giochi sporco per ottenere ciò che vuole, e dovrei tenerlo a mente quando ho a che fare con lui.

"Posso offrire qualcosa da bere a voi due?" Mi guardo alle spalle e vedo l'assistente che mi ha salutato in piedi sulla soglia. Mi ha strappato alla fantasia che avevo su Gabriel e sono grato per il suo aspetto. Mi rivolge un sorriso caloroso e sembra che stia lottando contro una risata.

"Sto bene, ma grazie", le dico educatamente, e Gabriel scuote la testa. Sento la porta chiudersi con uno schiocco, lasciandoci soli.

"Per favore, siediti." Mi fa cenno di prendere una sedia davanti alla sua massiccia scrivania di vetro. Guardandomi intorno nell'ufficio, noto che tutto è fatto di vetro. Gli spigoli vivi sono ovunque e tutto quello che riesco a pensare è che questo posto non sarebbe sicuro per un bambino.

"Posso cambiare qualsiasi cosa in questo ufficio", dice, e i miei occhi tornano nei suoi.

È allora che mi rendo conto di aver parlato ad alta voce. Gli sorrido e una calda sensazione mi percorre. Adoro quando i genitori sono disposti a fare qualsiasi cosa per i propri figli. Mi viene in mente che manca qualcuno a questa riunione.

"Tua moglie si unirà a noi?" Chiedo. Faccio scivolare le mani lungo le cosce, assicurandomi che il vestito sia liscio. La perfezione dell'ufficio mi fa sentire come se non fossi vestita abbastanza formalmente. Gabriel prende la sedia accanto alla mia e non quella dietro la scrivania.

"Moglie?" chiede mentre la confusione si forma sul suo viso. "Non sono sposato."

"Bene, allora immagino che mi riferisca alla donna di cui sei rimasta incinta." Faccio una piccola risata per nascondere la mia delusione e la traccia di gelosia che provo. So che non tutti credono nel matrimonio. Non avrei dovuto formulare la domanda in quel modo, ma la verità è che volevo sapere se è sposato. Impegnato. Datti una mossa, Odette. Mi rimprovero dentro di me.

«Temo di non aver messo incinta nemmeno nessuna. Beh, non ancora." Mi fissa con lo sguardo, quasi come se stesse cercando di dirmi qualcosa prima di farmi l'occhiolino.

Sta flirtando con me? No. Devo aver letto male.

"Hai chiamato un'infermiera residente", suggerisco, cercando di metterci sulla stessa lunghezza d'onda. Sento che sto diventando ansioso. Lo faccio con gli uomini.

"Si si." Scuote la testa come se si fosse appena ricordato perché sono qui. "È per mia sorella. Si trasferisce qui e starà con me. Le ho detto che avrei trovato un'infermiera residente. Non vuole farlo da sola.

"Lo capisco", gli dico. Ancor più di quanto lui sappia. Anch'io ho paura di avere un bambino da sola e sono meravigliosa con i bambini. "Beh, lascia che te lo dica..."

Mi interrompe prima che possa entrare nei dettagli completi di ciò che posso offrire in termini di servizi. "Quando ti trasferirai?" È come se si stesse alzando per aiutarmi a portare gli scatoloni in casa sua.

"Ah." Lo guardo, un po' confuso. Sembra ancora più grande ora che torreggia su di me. Non abbiamo nemmeno avuto un colloquio e non so nemmeno se siamo compatibili. Per quanto ne so potremmo non essere in grado di sopportarci a vicenda.

"Triplicherò il prezzo se ti trasferisci oggi." Va dietro la scrivania e prende il telefono. "Devo chiamare i traslocatori?" Mi fissa, aspettando una risposta.

"Aspetta, sto ancora cercando di recuperare." Mi alzo anch'io, cercando qualcosa da dire.

Non c'è da stupirsi che Cole Banking sia dov'è oggi. Quest'uomo si intromette nelle cose, prendendo ciò che vuole. E quello che vuole in questo momento sono io. Peccato che non sia altro che i miei servizi come tata.

Mi giro, dando le spalle a Gabriel, sapendo che mi sono appena fatta arrossire. Non posso credere di averlo pensato. Cosa mi sta facendo? Mi ha dappertutto con le mie emozioni.

"Un milione", dice, e io mi giro per guardarlo.

Ha il cellulare in una presa mortale e non sembra che sia disposto ad accettare un no come risposta.

"Per quanto?" Le parole mi escono dalla bocca. Potrei fare molto con un milione di dollari. Non solo ho il mio bambino, ma ho un fondo per il college e molto altro ancora. Inoltre non dovrei preoccuparmi di lavorare finché lui o lei non sarà a scuola.

"Un anno", morde. Posso dire che vuole parlare più a lungo, ma sta proteggendo le sue scommesse. Posso fare un anno. È molto più lungo del normale, ma potrei farlo. "Niente appuntamenti o uomini in quel periodo", aggiunge.

Il commento fuori tema mi coglie di sorpresa. "Va bene", dico facilmente. Non sarà un problema. Non sono mai uscito con qualcuno mentre ero al lavoro, ma neanche il mio lavoro è mai stato per un anno.

"Non vedi nessuno adesso, vero?" chiede quasi in tono accusatorio. Giuro di sentire il telefono scricchiolare nella sua presa mortale.

"NO." Alla mia risposta vedo un po' di tensione lasciare il suo corpo. «Allora sarai mio per un anno.»

Annuisco, ma mi sembra di accettare qualcosa di più che essere solo una babysitter. "Quando arriverà tua sorella?"

«Presto, ma voglio che tutto sia a posto prima che arrivi qui. Potrebbe arrivare in qualsiasi momento, quindi devo sistemarti." Porta il telefono all'orecchio.

"Mandate la macchina in giro. Voglio che porti a casa la signorina Newman così potrà raccogliere le sue cose. Poi potrai portarla a casa mia."

"Tutto questo sta accadendo molto velocemente." Mi mordo il labbro. Non so nemmeno dove viva. Immagino che sia un posto davvero carino, ma comunque. Spero che non faccia freddo come nel suo ufficio.

"Hai già accettato." La sua mascella si indurisce e vedo la tensione lì.

"Non cambio idea, è solo che..." mi affido. Non so perché lo sto mettendo in dubbio. Forse perché è troppo bello per essere vero. O forse è per questa attrazione che provo nei suoi confronti. Mi fa sentire fuori equilibrio. Sono terribile con gli uomini e non riesco a leggerlo.

Fa il giro della scrivania per mettersi di fronte a me. Alzo lo sguardo nei suoi occhi scuri. Mi sistema una ciocca sciolta di capelli dietro l'orecchio. Il tocco è intimo. «Va tutto bene, Odette. Mi prenderò cura di tutto. La tua unica preoccupazione è il bambino.

"Il bambino non è ancora qui", gli ricordo. Vorrei aver potuto incontrare prima la futura mamma. Ho rifiutato alcuni lavori in passato a causa delle madri. Alcuni possono essere troppo da gestire a volte. Anche se per un milione di dollari probabilmente potrei gestire qualsiasi nuova madre.

"Dategli tempo. Il bambino sarà qui", dice, e per qualche ragione le sue parole hanno molto più peso di quanto dovrebbero.

Annuisco e i suoi occhi vanno alla mia bocca. Sento il calore salirmi al collo e maledico la mia pelle chiara. Oltre ad essere timido, si mostra chiaro come il sole e chiunque può vederlo. Si china un po'. E per un secondo, mi chiedo se mi bacerà. Mi si blocca il respiro e aspetto.

Quando bussano alla porta salto indietro da lui, quasi inciampando nei miei stessi piedi. Gabriel mi prende facilmente, attirandomi nel suo grande corpo caldo e avvolgendomi con le sue braccia.

"L'auto della signorina Newman è qui, così come il tuo prossimo appuntamento", gli dice il suo assistente.

"Annulla il mio appuntamento. Vado a scortare..."

Questa volta l'ho interrotto. "Per favore, non farlo." Mi giro tra le sue braccia quando realizzo che non mi lascerà andare. "Lasciami prendere le mie cose e sistemarmi", spingo. Ho bisogno di un po' di tempo da solo per respirare un attimo. Ricomponimi e magari cercalo anche su Google un po' di più. Devo assicurarmi di non fare il passo più lungo della gamba.

"Signore?" il suo assistente chiama di nuovo.

"Per favore", provo, ho bisogno solo di un po' di respiro.

Si china e la sua bocca è così vicina alla mia. Questa volta sono sicura che mi bacerà, il che so che è un'idea terribile. Lavorerò per quest'uomo per il prossimo anno. Per non parlare del fatto che molto presto inizierò a provare ad avere un bambino.

"Stasera", ringhia così piano che riesco a sentirlo, poi mi lascia andare.

Mi giro e quasi scappo dal suo ufficio, sentendomi stupida per aver pensato che mi avrebbe baciato, e sciocca per aver voluto che lo facesse.

Capitolo5

Gabriele

Ho passato l'intera giornata infastidito da tutti. Tutto quello che volevo fare era lasciare l'ufficio per poter tornare a casa e stare con Odette. E invece ho avuto incontri e persone in faccia tutto il giorno, e sono agitato mentre esco dall'ultimo.

"Ho cercato di liberare il più possibile la tua agenda per domani, ma ci sono ancora alcune teleconferenze a cui devi ascoltare. Ho preparato il programma e te lo ho inviato via email.

"Non ho intenzione di seguirli, Carol."

Sta cercando di tenere il passo con il mio passo veloce mentre corro fuori dalla sala riunioni e verso l'ascensore.

"Sig. Cole, ho provato a spostarli, ma è impossibile. Almeno ascolta, questo ha a che fare con..."

Parla più velocemente che può, ma ho smesso di ascoltare chiunque non sia Odette. Il mio unico obiettivo è tornare a casa ed entrare dentro di lei. Se non me la lascia avere stasera, allora passerò il mio tempo a convincerla perché dovrebbe. Quindi, in ogni caso, mi ritroverò fino alle palle prima che sorga il sole.

Quando salgo sull'ascensore, Carol sta ancora parlando, ma premo il pulsante dell'atrio e la ignoro mentre sta lì.

"Buonanotte, Carol", dico, ignorando il suo sguardo agitato mentre le porte si chiudono e scendo nell'atrio.

Una volta lì, esco verso la macchina che mi aspetta e salgo sul retro. Alzo la parete divisoria in vetro tra me e l'autista e sono al telefono prima che si allontani dal marciapiede.

"Ciao?" dice la sua voce dolce, e calma ogni nervo del mio corpo.

"Odette", dico, chiudendo gli occhi. Il suo nome è come un balsamo per il mio bisogno di lei. "Sono sulla via di casa. Hai già cenato?"

"Uhm, ciao Gabriel", dice, e penso che stia sorridendo. "Sì, ho già mangiato. Il tuo cuoco mi ha preparato qualcosa poco fa. Ha detto di non aspettarti. Va bene?"

Un'immagine di lei che si morde il labbro mi entra in mente e il mio cazzo pulsa. Mi chino e mi strofino i pantaloni nel punto in cui la parte dura scende lungo la coscia. È stata dura da quando è entrata nel mio ufficio, e non ho avuto nemmeno trenta secondi per trovare sollievo. Probabilmente è per questo che sono così dannatamente scontroso.

"Sì, di solito non arrivo a casa in tempo per un pasto decente, ma per te inizierò a fare un'eccezione."

"Oh veramente? Che Gentile da parte tua." Lei ride un po' e riesco a sentire il sorriso nella sua voce.

La donna timida che era nel mio ufficio prima se n'è andata e al suo posto c'è una donna giocosa e civettuola. Potrebbe essere che il telefono la renda meno intimidita? Oppure la sta rovinando facendo il suo lavoro?

"Ti sei sistemato bene?"

«L'ho fatto, tutto grazie a te. Hai mandato una squadra a casa mia, ma non avevo molto con cui cominciare. Penso che fossero tutti annoiati.

Sorrido con lei e mi appoggio allo schienale, rilassandomi per quella che sembra la prima volta dopo anni. "Sembri felice di essere a casa allora."

"È bellissimo qui. Apprezzo l'opportunità di lavorare per te e tua sorella.

"Penso che scoprirai che sono più che d'accordo con qualsiasi cosa tu chieda." Sento un suono simile all'acqua dall'altra parte del telefono e mi siedo con la schiena dritta. "Stai facendo il bagno?"

C'è un silenzio completo al telefono, poi lei si schiarisce la voce. "Sig. Cole, non credo che sia una conversazione appropriata per il nostro rapporto di lavoro..."

"Rispondimi, bella", dico, e metto tutta la forza che posso in quelle parole.

Resta in silenzio così a lungo che non credo che mi risponderà. Ma so quello che ho sentito, e il suo semi-smentito ne è quasi la prova. Se dall'altra parte del telefono è nuda, potrei non tornare a casa prima di prendere fuoco.

"Sì", sussurra, e l'unica parola è poco più di un sussurro.

Chiudo forte gli occhi prima che le mie mani inizino ad agitarsi. Mi appoggio allo schienale, infilo la mano nei pantaloni e afferro il cazzo. Non riesco ad arrivarci abbastanza velocemente. Non appena la mia mano entra in contatto con la lunghezza dura come l'acciaio, mi mordo il labbro per trattenermi dal gemere.

"Sei nel bagno grande? Quello con la vasca al centro della stanza?» Accarezzo la mano su e giù per il cazzo mentre sento l'acqua schizzare ancora un po' dall'altra parte del telefono. Ho bisogno di ogni dannato dettaglio.

"Sì", sussurra di nuovo, e posso dire che sta diventando timida.

È nel mio bagno. Ciò significa che i traslocatori hanno fatto come avevo detto e hanno messo anche lei nella mia camera da letto. L'immagine della sua figa bagnata nella mia vasca mi fa perdere sperma sulla mano. Cavolo, non tornerò a casa prima di venirmi sulla mano. Guardo fuori dalla finestra per vedere quanto siamo vicini.

"Hai usato le bolle?" chiedo, avendo bisogno di sapere tutto.

"No", risponde, e non riesco a trattenere il mio ringhio di eccitazione.

Se fossi in bagno con lei in questo momento, potrei stare sopra di lei e guardare direttamente il suo corpo nudo. Potrei dirle di allargare le gambe e farmi vedere quella fica rosa che voglio allevare.

"Hai pensato a me quando ti sei tolto i vestiti e sei entrato nell'acqua calda?" chiedo, ho bisogno di sapere.

Sono disperato per lei e ho bisogno di una sorta di segno che anche lei mi voglia. Potevo sentire l'attrazione tra noi oggi; è diverso da qualsiasi cosa abbia mai provato e so che non ero solo io. Se mi dà anche il minimo accenno, non mi interessa se è la mia sorellastra. Metterò incinta il suo culetto.

"Sì", risponde, e giuro su Dio che riesco a sentire un piagnucolio nella sua voce.

"Ti tocchi mentre siamo al telefono?" Chiedo e pompa il cazzo più velocemente.

Fanculo, non ce la farò. Non c'è risposta, ma sento l'acqua muoversi e chiudo forte gli occhi, immaginando la sua mano che si muove tra le gambe.

"Smettila", ringhio, lasciando che la rabbia si spinga avanti in modo da non venire. Quando non sento più il rumore dell'acqua, tengo il telefono vicino alla bocca. «Rimani dove sei e non osare toccare di nuovo quella dolce fighetta. Adesso appartiene a me e sto venendo a prenderla.

"Okay", risponde, ed è così basso che quasi non lo sento.

"Brava ragazza, bella. Sto arrivando."

Riattacco e poi rimetto il cazzo dolorante nei pantaloni mentre l'autista si ferma davanti a casa mia. Comincio a spogliarmi appena entro.

"Elena!" Grido mentre mi tolgo la cravatta e la butto giù nell'atrio.

Mi tolgo la maglietta e la lancio sulle scale. Sto praticamente correndo dentro, lungo il lungo corridoio fino alla mia camera da letto, nel disperato tentativo di raggiungerla. Quando arrivo nella mia stanza, mi guardo intorno e vedo alcune delle sue cose. Mi tolgo i pantaloni e la biancheria intima e corro in bagno.

Là, nel mezzo del bagno, c'è la mia fottuta dea, nuda nell'acqua, con i capelli raccolti in uno chignon disordinato e le guance arrossate dal calore del bagno o dal bisogno.

Quando ho progettato questa casa, non me ne fregava niente della vasca da bagno, ma il designer mi ha detto che, dato che avevo lo spazio, la vasca avrebbe dovuto essere un punto focale chiave nella stanza. Ho appena detto "qualunque cosa" e non l'ho mai usato una volta. Ma proprio in questo momento, penso che manderò all'azienda un bel bonus natalizio. È costato un occhio della testa, ma stando qui e vedendo la mia bellezza nuda e aperta per me, darei volentieri fino all'ultimo centesimo che avevo per questo.

"Bellissimo", sospiro, e per un secondo il mio petto si stringe così tanto che temo che potrei avere un infarto. Prendo fiato sapendo che non posso morire prima di entrare nella sua figa.

"Gabriel, non so se è una buona idea. Oh Dio, cosa stavo pensando. Cerca di coprirsi il seno, ma io mi avvicino al bordo della vasca e la guardo.

"Stop", dico, ed è un comando. Lei mi guarda e i nostri occhi si incrociano. La sensazione di prima ritorna di corsa e so dannatamente bene che anche lei la sente. Lo vedo nei suoi occhi e nel modo in cui mi guarda. "Fammi vedere."

Abbassa lentamente le braccia, esponendo il seno, e io scuoto la testa.

"Sono perfetti e non vedo l'ora di averli in bocca. Ma sai cosa voglio.

Le sue guance diventano ancora più rosse mentre i miei occhi percorrono il suo corpo fino alle cosce e lei le allarga lentamente.

"Questo è tutto. Ho pensato a quella fighetta rosea da quando sei entrata nel mio ufficio. Usa le dita e allarga quelle labbra.

Fa quello che le chiedo e vedo le sue mani tremare sott'acqua.

"Alzati, voglio vedere tutto."

Entro nella vasca mentre lei solleva i fianchi in superficie. Il bagno è abbastanza grande per altre cinque persone, ma per mia fortuna non ci sarà mai nessuno oltre a me e lei.

Mi rilasso nell'acqua calda di fronte a lei e allargo le gambe. Fisso la sua figa, lasciando che i miei occhi indugino sulle sue labbra gonfie e sul suo piccolo clitoride duro.

"Vuoi un bambino lì, vero?" dico, e la guardo negli occhi. Lei si morde il labbro e annuisce.

Mi siedo sulle ginocchia e mi sposto sul suo corpo in modo da essere sopra di lei nella vasca. Le sue gambe sono ancora aperte e la sua mano rimane sulla sua figa, tenendola aperta per me. È pronta per essere riprodotta e non la aspetto più. Potrebbe essere la mia sorellina, ma la metterò nuda e la metterò incinta al primo tentativo.

È scivolosa fuori dall'acqua, quindi quando infilo la testa del mio cazzo dentro di lei, è facile.

"La ciliegina vergine, vero?" Dico quando sento la sua barriera.

"Sì", dice, guardandomi attraverso le ciglia.

"Non preoccuparti, bella. Sarò facile."

Scivolo ancora di più e lo sento scoppiare mentre il suo corpo si tende. Chinandomi, la bacio, lasciando che la mia lingua scivoli sulle sue labbra finché non si apre per me. Ha il sapore di biscotti, ed è così dannatamente innocente che non posso fare a meno di spingerlo ancora un po' dentro.

Le mie mani le afferrano i fianchi mentre mi faccio strada dentro di lei, sapendo che non è protetta. La possibilità di metterla incinta mi rende ancora più difficile, sapendo che la alleverò per conto mio. Non vedo l'ora che la sua pancia sia grande e rotonda e che la mia sorellastra porti in grembo mio figlio. Cavolo, dovrei dirglielo, ma non posso correre il rischio che dica di no. Ne ho bisogno e non ne ho mai avuto bisogno prima.

Non ho mai guardato una donna e pensato di metterla incinta, ma con la mia Odette voglio prenderla da dietro come un animale e tenerle i fianchi mentre continuo a riempirla del mio sperma.

"Sì", sussurra contro le mie labbra mentre la apro più a fondo.

Il suo corpo è maturo e scommetto che sta ovulando. È così fottutamente pronta per il mio cazzo che so che lo sta pensando anche lei. Probabilmente spera che il mio seme attecchisca e che entro la mattina si ritroverà con una linea blu.

"Aprimi, bella," dico, allargandole le gambe e inclinandole i fianchi. Se viene, la sua cervice sarà bella e morbida, quindi il mio sperma entrerà direttamente dentro. Bello e facile," dico, incoraggiandola.

La mia bocca va al suo capezzolo e lo succhio, sentendone il picco duro sulla lingua. Geme e mi afferra i capelli mentre mi dondolo dentro e fuori dalla sua figa. Lei è così vicina, e lo sono anch'io, ma so cosa c'è in gioco. Non oserò venire prima di lei, perché voglio assicurarmi di averla dove voglio.

"Gabriel, non fermarti", implora, e io non oserei.

Quando faccio scorrere una mano nel punto in cui siamo collegati, le passo il pollice sul clitoride e lei grida. È forte ed echeggia tra le piastrelle della stanza, e io mi infilo dentro di lei un'ultima volta, tenendo il mio cazzo il più profondamente possibile.

Sento gli impulsi di sperma pomparsi lungo la mia asta e dentro di lei, e ringhio attraverso di essa. Il suo corpo lascia che la natura prenda il sopravvento mentre la sua figa spreme ogni goccia fuori da me e nel suo grembo. Lo rende ancora più caldo quando guardo il suo corpo nudo, vedendo i suoi fianchi che implorano di più. Vuole questo bambino. Forse quasi quanto me.

Mettendo le mani intorno alla sua schiena, mi alzo nella vasca con lei tra le braccia. Non oso tirare fuori il cazzo perché non voglio rischiare che fuoriesca qualcosa.

"Dove stiamo andando?" chiede, con le palpebre pesanti.

"Mi assicurerò che tu ottenga ciò che desideri", dico, portandola a letto. Metto un cuscino sul letto per i suoi fianchi e poi ci faccio sdraiare sopra. "Ora mostrami di nuovo dove vuoi che metta il tuo bambino."

La sua mano va nel punto in cui siamo connessi e allarga di nuovo le labbra. Guardo il mio grosso cazzo che scivola dentro e fuori da lei, coperto di sperma.

"Tienili aperti, bello. Voglio essere un papà.

Capitolo6

Odette

Mi nascondo sotto le coperte, ho paura di togliermele dalla testa. Non sono sicuro di cosa vedrò, perché stasera non avrebbe potuto essere reale. Anche se so già che lo era. Posso ancora sentire Gabriel su tutto il corpo.

Lentamente tiro giù le coperte e sbircio fuori. Quando non vedo nessuno, mi siedo e mi guardo intorno. Ma ancora non vedo nessuno.

I miei occhi vanno all'orologio sul comodino e vedo che è ancora notte. Devo essermi addormentato per circa un'ora dopo che Gabriel mi ha spinto nel paradiso dell'orgasmo. Non sapevo nemmeno che potesse essere così. Me ne ero concessi alcuni nel corso degli anni, ma non erano mai stati come quello che mi ha fatto Gabriel. Sono abbastanza sicuro di essere svenuto dopo l'ultimo, perché non ricordo molto.

Strisciando giù dal letto, corro verso il bagno, cercando qualcosa con cui coprirmi. Afferro una vestaglia appesa alla porta del bagno, poi mi blocco quando mi vedo allo specchio. Sembro un disastro dannatamente caldo. Avevo i capelli raccolti in uno chignon disordinato, ma ora sono sciolti e sembra che abbia passato tutta la notte a scopare.

Faccio scorrere le dita lungo la clavicola e su per il collo fino a dove c'è una linea di piccoli succhiotti. Mi guardo e vedo piccoli lividi che si formano sui fianchi e sulle cosce. Il mio cuore si stringe alla loro vista, e chiudo velocemente la veste per nascondere le prove di ciò che abbiamo fatto. Fisso la mia faccia allo specchio. Le mie labbra sono gonfie e rosse per le ore trascorse a baciarmi.

"Che cosa hai fatto, Odette?" Mi chiedo.

Lavoro per quest'uomo. Devo lavorare per lui per il prossimo anno. Sono già vincolato dal contratto che ho firmato quando sono arrivato qui. Non lo conosco nemmeno e gli permetto di farmi di tutto. Tutto il mio corpo arrossisce. Non posso affrontarlo. Potrei morire di imbarazzo.

Continuava a parlare di darmi un bambino. Non so perché, ma mi ha eccitato così tanto che avrei fatto qualsiasi cosa mi avesse chiesto. Ero sdraiato nella vasca a fantasticare su come sarebbe stato stare con un uomo come Gabriel: vivere a casa sua e dormire nel suo letto. Per accoglierlo a casa ogni giorno dopo una lunga giornata in ufficio. Poi ha chiamato ed è successo tutto così in fretta.

"Posso sistemare questo problema", mi dico. Mi vesto. Allora posso andare a trovarlo e dirgli che dobbiamo mantenere questa professionalità. Il mio corpo si ribella all'idea e anche il mio cuore.

Vado alla ricerca dei miei vestiti. Mentre esaminavo le pratiche burocratiche e comunicavo all'agenzia che avrei accettato il lavoro di Cole, i traslocatori hanno messo via la mia roba. Mi hanno detto che questa era la mia stanza, ma mentre inizio ad aprire i cassetti continuo a trovare vestiti da uomo. Apro un altro cassetto e finalmente trovo qualcosa che mi sembra familiare. Forse Gabriel ha così tanti vestiti che deve usare la stanza degli ospiti per avere più spazio.

Trovo una camicia da notte e me la infilo sopra la testa prima di tirare fuori le mie pantofole pelose preferite. Dopo aver riappeso la vestaglia alla porta, rifaccio il letto e mi sistemo un po'. Cerco di domare i miei capelli selvaggi, ma invece decido di metterli in uno chignon disordinato in cima alla testa. È il meglio che posso fare in questo momento.

Resto lì realizzando che non mi è rimasto più niente da fare per continuare a procrastinare. Speravo quasi che si presentasse e non avrei dovuto andarlo a cercare. Ma sembra che non ce la faccio più, anche se la mia timidezza vuole avere la meglio.

“Professionista”, mormoro tra me e me.

Mentre spengo la luce del bagno un pensiero si insinua nella mia mente. E se sei incinta? Quasi inciampo nei miei piedi quando mi viene l'idea. Ci ho pensato ieri sera, ovviamente. Ma era nella foga del momento. Quali sono le probabilità che io sia rimasta davvero incinta dopo la prima volta?

L'idea di avere un figlio da Gabriel mi scalda tutto il corpo. Poi il dubbio comincia a insinuarsi e mi chiedo che razza di padre sarebbe. Cosa renderebbe noi due? Per quanto ne so, sono solo un altro sapore della settimana.

Quando arrivo in cucina non vedo nessuno, quindi torno in camera mia e cerco il cellulare. Non mi sento giusto a curiosare nella casa di Gabriel per cercarlo. Inoltre, la casa è gigante. Potrei non trovarlo mai. Forse ha lasciato un messaggio dicendo che uscirà per fare qualcosa.

Vedo solo un paio di messaggi mancati di mia madre. Gliene rispedisco uno per farle sapere che mi sono sistemato. È delusa dal fatto che ho già trovato un nuovo lavoro e non sarò a casa per un soggiorno più lungo. Ho intenzione di pranzare con lei tra qualche giorno. Sono ancora indeciso se dirle cosa è successo con Gabriel. I soldi, il sesso. È molto per ventiquattr'ore.

Rabbrividisco quando ci penso in quel modo. Altrimenti perché qualcuno ti offrirebbe un milione di dollari, Odette? Non può essere così. Un uomo come Gabriel non è difficile per l'attenzione femminile. Non può esserlo. Non è solo bello, ma è anche mega ricco. Ed è incredibile a letto. Potrebbe essere stato l'unico uomo con cui abbia mai fatto sesso, ma è davvero dannatamente bravo. Pensavo che la tua prima volta dovesse essere imbarazzante e un pasticcio confuso. Anche un po' doloroso. Non era nessuna di queste cose.

L'unica spiegazione razionale che riesco a darmi è che ha soldi da spendere e voleva sistemare la situazione prima che arrivasse sua sorella.

Discuto di mandargli un messaggio. Vorrei, ma ripensarci. Non manderei un messaggio a un altro cliente chiedendogli dove si trovasse. Torno in cucina ma mi fermo quando sento bussare alla porta d'ingresso. Faccio una pausa, chiedendomi se dovrei rispondere. Vivo qui adesso, ricordo a me stesso. Beh, più o meno.

Vado alla porta d'ingresso e sbircio. Vedo una donna lì in piedi con in mano una bottiglia di vino.

Apro la pesante porta e la bionda mi fissa sorpresa. È alta, probabilmente trenta centimetri più alta di me. Indossa pantaloncini attillati di spandex neri e un reggiseno sportivo giallo brillante. L'outfit implica che stesse andando a correre, ma la bottiglia di vino e il trucco dicono qualcos'altro.

«Dov'è Gabriel?» chiede mentre mi supera.

"Non ne sono sicuro", le dico, sentendomi un po' ansioso. Non sono sicuro se avrei dovuto lasciarla entrare o addirittura aprire la porta. Non che l'abbia lasciata davvero entrare. È entrata come se lo avesse fatto un milione di volte.

"Aspetterò." Lei entra in cucina e io la seguo. Inizia ad aprire gli armadietti finché non trova un bicchiere di vino e un apribottiglie. La guardo mentre si versa un bicchiere. Non me ne offre uno. Non che ne volessi uno per cominciare. Voglio fare uno spuntino e poi tornare di nascosto in camera mia. Ora penso che devo restare.

Non posso lasciare questa donna in giro. Potrebbe essere sua amica o... Interrompo quel pensiero, non volendo andarci. Non avevo nemmeno pensato che stesse con qualcun altro dopo che aveva detto che non era sposato e non aveva messo incinta qualcuno.

Ancora. Aveva detto. Quella singola parola mi attraversa la mente e la mia mano si porta allo stomaco. Potrei essere.

"Quindi chi sei tu? Gabriel non ha mai avuto donne a casa sua. I suoi occhi vagano su di me. "Sei come un cuginetto o qualcosa del genere?"

Mi guardo e ricordo che mi ero messa la camicia da notte ricoperta di coniglietti. Abbinato alle mie pantofole probabilmente sembrerò giovane.

"NO. Resto qui per aiutare quando arriva sua sorella. Per aiutare con il bambino. Mi guarda come se fossi impazzito.

"Non ha una sorella." Alza gli occhi al cielo, portando il bicchiere di vino alla bocca ma si ferma prima di bere. "Hai fatto sesso con lui, vero?" lei accusa.

Sento il calore salirmi al collo. "Non ha una sorella?" chiedo, ignorando l'altra domanda. Non sto parlando di sesso con questa donna a caso che potrebbe o meno essere coinvolta con Gabriel. Il pensiero mi fa rivoltare lo stomaco. Altrimenti perché sarebbe qui così tardi con una bottiglia di vino? Non è una chiamata di bottino?

"Non che io sappia." Appoggia il bicchiere di vino con un colpo secco. Sono sorpreso che non si rompa. "Non so cosa stai facendo, ma Gabriel è mio."

Non sono sicuro di cosa fare o addirittura dire. "Forse dovresti andare. Non credo che Gabriel sia qui in questo momento." Voglio che esca di qui. All'improvviso non mi sento più così bene.

«Odette.» Quasi salto fuori dalla mia pelle quando la voce profonda di Gabriel riempie la stanza. La sua mano si posa sulla mia spalla e si china, avvicinando la bocca al mio orecchio. "Vai nella tua camera da letto."

Rimango lì sciocccato per un momento, non voglio lasciarli soli. Ma non voglio nemmeno restare. E se la baciasse o qualcosa del genere proprio davanti a me?

"Ora", aggiunge severamente.

Con quest'ultima parola, torno di corsa nella mia stanza e chiudo la porta. Apro la serratura e poi rimango lì, sentendomi stupido e con il cuore spezzato per qualcuno che non conosco nemmeno.

Capitolo 7

Gabriele

"Che cazzo ci fai nella mia cucina, Tiffany?" dico, stringendo gli occhi.

Sento il rumore di passi pesanti dietro di me e so che è la mia sicurezza.

"Sig. Cole, mi dispiace tanto..."

Alzo la mano per segnalare al mio capo della sicurezza, Ben, di smettere di parlare. È senza fiato, quindi deve essere corso dall'altra parte della proprietà.

"Ragazzi, siete così esagerati", dice Tiffany alzando gli occhi al cielo.

"Signora, vieni con me", dice Ben mentre si avvicina a lei.

"Cavolo, stavo venendo qui solo per essere gentile. È una cosa da buon vicino", sbuffa come se fossi io quella ridicola.

"Tiffany," dico e mi stropiccio gli occhi. "Non sei più il mio vicino. Non da quando ho comprato la proprietà da te e ti ho costretto a trasferirti. Sto sporgendo denuncia questa volta. Ho già dovuto emettere un ordine restrittivo e tu lo stai violando.

Osservo Ben prendere il telefono e inviare un messaggio di testo, senza dubbio avvisando la sicurezza della sua presenza e informando la polizia.

"Sei un tale stronzo!" grida lanciandomi il bicchiere di vino in testa.

Se avesse mirato meglio avrebbe potuto causare seri danni, e anche a mia moglie, che presto sarebbe incinta. Il pensiero mi fa salire la rabbia sul collo.

"Uscire!" Le abbaio e lei finge di piangere. Ci siamo già passati.

Si è trasferita nella casa a circa un miglio da me un paio di anni fa e ha subito cercato di farsi strada nella mia vita. Sono stato educato, ma non le ho mai permesso di entrare in casa, e non ho mai cercato di indurla a pensare che saremmo mai diventati qualcosa, compresi gli amici. Ho abbastanza amici e il mio lavoro mi tiene più che occupato. Ma quando la mia sicurezza l'ha trovata in diverse occasioni mentre strisciava tra le mie aiuole alla ricerca di finestre aperte, era ora di porre fine a tutto ciò.

Le sirene delle auto della polizia suonano in lontananza e all'improvviso il suo finto pianto si trasforma in un cipiglio mentre Ben la prende per il braccio e la conduce fuori dalla cucina.

"Quindi ti scoperai quella puttana di sopra ma non me? Capisco com'è", urla, e non riesco nemmeno a capire cosa intenda.

Ha tutto questo costruito nella sua testa, e sapevo che il posto più sicuro per la mia Elena era stare il più lontano possibile dalla sua follia. Ma non sono uno stupido. Ho visto il dolore nei suoi occhi mentre correva fuori dalla stanza. Devo andare a stringerla e sistemare le cose. Ma invece devo fare i conti con i pazzi che hanno fatto irruzione nella mia cucina.

Quando arrivano i poliziotti, parlo con loro per qualche minuto prima che la prendano in custodia e se ne vadano. Ben e io torniamo dentro e gli faccio sapere che alcune cose cambieranno.

"Mi dispiace, signor Cole, non succederà più", dice, e io annuisco.

"Ho bisogno che tu ti assicuri che non accada", dico e mi giro per lanciargli uno sguardo duro. "La padrona di casa è qui per restare e voglio che Elena abbia la libertà di casa e la sicurezza che richiede. Deve essere protetta in ogni momento e non voglio niente e nessuno tranne me abbastanza vicino da toccarla. Capisci?"

Rendo le mie parole molto chiare e lui annuisce, promettendo di fare quello che gli chiedo. Mi fido di lui per la mia vita, ma Tiffany potrebbe essere pazza, ed è una cosa pericolosa con cui giocare.

"Puoi assicurarti che riceva aiuto?" dico e mi giro a guardare le auto della polizia che se ne vanno.

"Lo farò", dice Ben, e poi chiude a chiave le porte mentre esce.

Non appena so che siamo soli, corro su per le scale e vado nella nostra camera da letto. Quando apro la porta, le luci sono spente e le tende sono tirate. La stanza è buia come la pece, ma sento che è qui. Dopo quello che le ho fatto, il mio corpo è in sintonia con il suo e desidera di più.

"Elena", dico, mentre cammino verso il letto. La sento respirare, ma non risponde. "Ho bisogno di nuovo di te." Mi spoglio dei vestiti quando arrivo al bordo del letto e quando ho finito ci salgo sopra.

"Vai via", la sento dire, ma non lo pensa davvero. Non c'è alcun potere dietro questo, e anche se potrebbe essere rimasta ferita dal fatto che le ho detto di andarsene, mi sta chiedendo silenziosamente di sistemare le cose.

"Non posso farlo", dico mentre allungo la mano e le afferro la caviglia. "Dovevo proteggerti da lei. Non la conosco e non so di cosa sia capace. È una vicina fottutamente pazza che verrà gestita. Non credere a una parola di quello che dice. "L'altra mano trova l'altra caviglia e le allargo. "Hai il mio bambino nella pancia e devo proteggerti a tutti i costi."

"Non lo sai!" dice, alzando la voce sulla difensiva.

Mi muovo tra le sue gambe mentre faccio scorrere le mani sulle sue cosce. "Ti ho scopato forte e profondamente con il mio cazzo nudo. Non c'era niente che mi impedisse di allevarti." La mia mano si sposta tra le sue gambe e la sua figa bagnata. "Anche adesso, sei sdraiato qui al buio implorandomi di salire e di metterti incinta."

"Gabriel", sussurra.

"Facciamolo scivolare sotto di te," dico, afferrando un cuscino e mettendoglielo sotto i fianchi. "Ora, l'ultima volta ti ho detto che non voglio che tu vada in giro e lasci gocciolare il mio sperma. Ma sei arrivato così forte che ti sei addormentato e non mi hai sentito," dico mentre le strofino la punta del cazzo tra le labbra. «Non sei più una ragazza, Elena. Adesso sei una donna perché ho preso quella ciliegina stretta che avevi conservato tra le tue cosce.

Spingo la punta del mio cazzo oltre la sua stretta apertura e lei geme.

"Starai sdraiato qui con la figa in aria e mi renderai papà." Mi spingo fino in fondo e grugnisco quando la sua fica si blocca e mi stringe forte. "Cazzo, non sei nemmeno minimamente rotto dopo l'ultima volta. Mi ci vorrà un po', non è vero?"

"Oh Dio." Le sue mani si posano sul mio petto mentre io spingo più forte, cercando di strofinarle il clitoride mentre vado in profondità.

Mi chino e la bacio prima di assaggiare la sua lingua e mordicchiarle il labbro. Affondo il viso nel suo collo e intreccio le sue dita con le mie.

«Sei tu quella che voglio, Elena. Non c'è nessuno tranne te." La bacio sotto l'orecchio e sento il suo corpo rilassarsi ancora di più sotto il mio. "Tutto sta accadendo velocemente, ma è reale. Adesso sei mio e metterò il mio bambino dentro di te.

Lei sussulta mentre il suo corpo si contrae e sento la sua figa colare succo su tutto il mio cazzo. Continuo a strofinare il mio cazzo sul suo clitoride ad ogni spinta ed è abbastanza pressione da mandarla oltre il limite. Le bacio il collo e le succhio i capezzoli mentre raggiunge l'apice. Il suo corpo pulsa e si contorce mentre il piacere prende il sopravvento e scorre attraverso di lei.

Dovrei trattenermi più a lungo, ma non vedo l'ora e vengo con lei. Sento ogni pulsazione del mio cazzo mentre rilascia un carico dopo l'altro di cremoso burro di noci nel suo grembo in attesa. Metterà radici e mi darà un figlio come un dannato erede al trono. Oggi sono diventato uomo e ringhio mentre le do le ultime gocce del mio seme.

"Sei mio adesso", dico mentre bacio lo spazio tra i suoi seni dove batte il suo cuore. "Per sempre."

Capitolo8

Odette

In piedi nel corridoio, sento un rumore provenire dalla cucina. Mi sforzo di entrare e affrontare Gabriel, ma ho un senso di déjà vu della notte prima che mi attraversa la mente. Spero che sia lui questa volta e non qualche donna ostile. Non sono una persona molto loquace e tendo a stare come un cervo davanti ai fari quando la merda colpisce la ventola. Beh, sono così con le persone adulte. Sto meglio con i bambini.

Mi passo le mani tra i capelli, cercando di domarli. Faccio del mio meglio prima di lasciare la camera da letto. Quando scendo le scale faccio per fare un passo verso la cucina quando una mano si posa sulla mia spalla. Urlo sorpreso e quasi faccio un salto in aria. Inciampo nel lungo tappeto del corridoio, ma l'uomo mi afferra per le braccia e mi impedisce di sbattere a terra. La sua presa è forte e provo a liberarmi, desideroso di liberarmi dalla sua presa. Non sono sicuro di chi mi tenga, ma non mi piace.

Forse dovrei semplicemente smettere di uscire dalla camera da letto. Ogni volta che esco da quella porta succede qualcosa di drammatico.

Alzo lo sguardo negli occhi marrone scuro di un uomo che non ho mai visto prima. È vestito completamente di nero e sulla sua maglietta c'è scritto Razer Security in lettere bianche brillanti. Immagino che lavori per Gabriel, ma continua a non piacermi che mi tocchi. Faccio di tutto per tirarmi indietro e questa volta mi lascia andare. Comincio di nuovo a inciampare, solo per essere afferrato da qualcun altro.

"Ti ho preso, bellissima."

La tensione lascia il mio corpo perché so che è Gabriel. Il suo odore mi invade i polmoni e lo respiro. Il calore mi riempie lo stomaco come sempre quando mi definisce bella. Chissà se chiama tutti così o se è un nome che ha solo per me. Mi sciolgo nel suo corpo duro e posso dire che la tensione che ho sentito solo un attimo fa si è trasferita su di lui.

"L'hai toccata?" dice, l'accusa e la dominanza nella sua voce mi fanno rabbrividire.

Non sono sicuro che stia davvero facendo una domanda però. Vorrei potermi voltare e guardarlo per leggere il suo volto, ma ora ha un braccio bloccato intorno alla mia vita e non andrò da nessuna parte finché non me lo permetterà. Mi lasciai sprofondare ancora di più in lui. Mi piace la sensazione della sua presa protettiva su di me.

"Signore, non sapevo..." L'uomo dapprima inciampa nelle sue parole, poi si ferma di colpo e fa un passo indietro. Le sue mani si alzano e i suoi occhi si spalancano per la paura. Giuro che riesco a sentire l'aria intorno a noi cambiare. È carico, ma non so di cosa. Rabbia? Aggressività maschile? Non sono sicuro. Non l'ho mai sentito prima. Tutte queste nuove esperienze sembrano continuare ad accadere con Gabriel. Sto iniziando a notare ogni genere di cose con lui che non avevo mai provato prima.

"Fuori!" Gabriel grida, e anch'io sussulto un po' al comando.

La sua voce roca è bassa e mortale. Se non mi avesse tenuto stretto probabilmente sarei scappato anch'io da qui. Guardo l'uomo della sicurezza annuire e girare sui tacchi prima di uscire di qui in un lampo.

GabrieleLa presa si allenta solo quando sento il rumore di una porta che si chiude. Mi giro lentamente tra le sue braccia e lo guardo mentre metto le mani sul suo ampio petto. Mi aspetto di vedere la rabbia sul suo volto, invece mi sorride. I suoi occhi sono dolci e mi sciolgo un po' allo sguardo che mi sta rivolgendo.

"Ti preparo la colazione prima di andare." All'improvviso mi prende in braccio e io emetto un grido di sorpresa. "Avrei dovuto darti da mangiare ieri sera, ma quando ti tocco succedono delle cose."

Mi guarda come se stesse ricordando tutto quello che abbiamo fatto. Arrossisco mentre ripropongo nella mia mente la stessa ripetizione. Mi ha toccato e abbiamo perso la ragione. Tutti i miei pensieri sensati erano fuori dalla finestra e non ho mai provato a fermarlo. Sono un'infermiera maledetta, per l'amor di Dio. Mia madre mi ha insistito sul sesso sicuro da quando ho avuto il ciclo, a tredici anni. Ed eccomi qui, a lasciarlo venire dentro di me ancora e ancora, sapendo cosa può succedere. Non so niente di Gabriel, ma mi sento proprio nel petto. Se devo essere onesto con me stesso, è pazzesco ed esagerato, ma in qualche modo è tutto ciò che ho sempre sognato.

Mi porta in cucina e mi fa sedere sul bancone della cucina prima di darmi un bacio sul naso. Indugia per un momento come se volesse fare di più, ma grugnisce e si allontana da me. Ritorna ai fornelli, dove comincia a riempire un piatto di cibo. Il mio stomaco brontola quando l'odore di pancetta e uova mi colpisce il naso.

Lo guardo muoversi per la cucina e mi chiedo se dovrei dire qualcosa. Sembra quello che fanno le coppie normali ogni mattina prima del lavoro, ma non so cosa dire. Beh, non è vero. Non so da dove iniziare. Apro la bocca ma non riesco a far uscire nessuna parola. Ho così tante domande, da dove comincio?

Si gira e io chiudo la bocca per non sembrare un idiota con la bocca aperta. Mi fa un sorrisetto mentre si avvicina a me, mettendomi il piatto accanto prima di andare al frigorifero e versarsi un bicchiere di succo d'arancia.

Tende la mano come se mi stesse dando qualcosa. Apro la mano con il palmo rivolto verso l'alto e lui ci lascia cadere un paio di pillole.

"Vitamine prenatali", mi dice semplicemente. Poi mi passa il succo d'arancia e io lo prendo con l'altra mano. Mi siedo un po' scioccato e lui mi dà gentilmente una gomitata sulla mano. "Prenderli."

Sapevo cosa fossero nel momento in cui li ho visti. Nel mio lavoro ho più che familiarità con le pillole, ma non avrei mai pensato che mi sarei svegliato stamattina con la necessità di prenderle.

"Io..." Alzo lo sguardo per incontrare i suoi occhi e lui mi studia.

"Bello, prendi le pillole. Fanno bene a te e al nostro bambino.

Li chiudo con la mano prima di portarli alla bocca e infilarli dentro. Bevo un bel sorso di succo d'arancia e i nostri occhi rimangono incollati per tutto il tempo. Il suo sorriso si allarga ancora di più in segno di approvazione. Qualcosa in questo mi fa tornare di nuovo la sensazione di calore nello stomaco.

"Quindi vuoi un bambino?" Chiedo. È la domanda più semplice con cui cominciare. Metto il succo d'arancia accanto al piatto con il cibo. È sufficiente per sfamare facilmente tre persone. Non riuscirò mai a mangiarlo tutto.

«Finisci il succo d'arancia. Fa bene anche a te." Lo riprendo e prendo un altro drink. "Sì, voglio che tu abbia il mio bambino."

Le sue grandi mani si posano sulle mie cosce. Indosso una delle sue magliette senza niente sotto. Traccia la pelle esposta sulle mie cosce e poi la infila sotto la maglietta. Li lascia riposare lì e io mi lecco le labbra mentre il mio corpo si sveglia. Lo voglio, ma sbatto le palpebre un paio di volte e ricordo a me stessa di concentrarmi.

«Anch'io voglio avere un bambino», gli ammetto.

"Lo so", mi risponde facilmente.

Naturalmente lo sa. Mi ha assunto praticamente sul posto. Immagino che lo abbia fatto dopo aver conosciuto qualcuno con cui avevo lavorato in precedenza e aver letto il mio fascicolo. Anche se quelle cose non avrebbero dovuto essere lì, anche se non taccio del tutto sul fatto che voglio un bambino. Qualcuno deve averglielo detto.

Forse, dopotutto, non è un'idea così terribile. Forse posso avere un bambino con lui. Potrebbe desiderare un figlio tanto quanto me. Forse ha avuto sfortuna con gli appuntamenti come me e vuole solo una famiglia.

Le sue mani scivolano più in alto sulle mie cosce, interrompendo la mia concentrazione.

Devo ammettere, però, che stare con Gabriel e farlo in questo modo è stato molto più divertente di come sarebbe stato il concepimento in clinica. E molto più economico. A meno che non perda il mio cuore per quest'uomo, perché mi costerebbe caro. Devo tenere presente che ciò che entrambi vogliamo da questa situazione è un bambino. Possiamo farlo insieme e nostro figlio avrà sia un padre che una madre. È qualcosa che non potrei dare al mio bambino quando scelgo di farlo da solo.

"Devo andare in ufficio per un po', ma voglio controllarti." Alza ancora di più la maglietta e, prima che io capisca cosa sta succedendo, mi mette distesa sulla schiena sull'isola della cucina, con la mano che mi accarezza il centro. "Sei un po' rosso." Allarga le labbra del mio sesso prima di abbassarsi e baciarmi il clitoride. Lo guardo, un po' scioccata. Non sono sicuro del motivo per cui questo mi sconvolge, con tutto quello che abbiamo già fatto. Poi la sua lingua calda e liscia scivola sulla mia pelle tenera e non mi importa più di essere dolorante.

"Dovrei lasciarti in pace. La tua figa ha bisogno di riposare. Sono sicura di averti già messa incinta, ma non posso trattenermi." Lo guardo ritornare alla sua massima altezza, ricordandomi quanto sia più grande di me. Tira fuori la camicia abbottonata dai pantaloni prima di slacciare la cintura con un clic. I miei occhi vanno dritti lì mentre il suo cazzo si libera. "Metterò un po' più del mio sperma dentro di te. Giusto per essere sicuro. Ma non voglio farti del male". Lo guardo mentre fa scivolare la punta del suo cazzo dentro di me. Poi si abbassa, accarezza la sua lunghezza e inizia a masturbarsi senza penetrarmi completamente.

Respiriamo entrambi affannosamente adesso mentre i miei occhi sono fissi su dove siamo connessi.

"Cazzo, guardati." Il suo sguardo vaga sul mio corpo. Mi solleva completamente la maglietta in modo che il mio seno sia esposto, e poi la mano si sposta sul mio fianco. "Sei stato creato per essere allevato. Guarda questi fianchi. Bello e ampio, con molto spazio." Grugnisce mentre accarezza su e giù il suo cazzo massiccio. "Ti voglio con la mia maglietta, con la figa nuda e che mi aspetti quando torno a casa. Voglio che tu sia seduto sul mio cazzo in ogni momento, pronto a prenderti cura di me.

"Oh Dio," gemo, desiderando che affondi ancora di più dentro di me. Ruoto i fianchi, cercando di prenderne di più, ma lui continua a masturbarsi con solo la punta dentro di me.

«Anche quelle fottute tette. Scommetto che sarò così geloso quando i nostri figli li succhieranno. Dovrò imparare a controllarmi. Impara a condividerli. Si lecca le labbra come se stesse davvero assaggiando il mio latte materno. La sua mano sul mio fianco scivola sul mio clitoride e mi accarezza con il pollice. «Dovrai conservarne un po' per papà. Adesso sarà anche il mio latte."

I suoni dei suoi grugniti e dei miei piccoli piagnucolii riempiono la cucina.

"Ho sentito che alcune donne non riescono a rimanere incinte mentre allattano. Scommetto che sei l'eccezione a questa regola. La figa così stretta e arrapata sta implorando di essere incinta. Allargherai queste labbra e pregherai per un altro bambino", dice mentre il suo pollice mi pizzica il clitoride. "Succhierò le tue dolci tette lattee mentre alleverò quella tua giovane fica."

Un sussulto mi lascia e il mio orgasmo mi travolge alle sue parole erotiche. Sono sporchi ma in qualche modo accendono qualcosa di profondo dentro di me.

"Non preoccuparti, Bella. Mi assicurerò che tu ottenga tutto ciò che desideri", ringhia mentre tutto il suo corpo si irrigidisce.

Sento il suo sperma caldo uscire dentro di me e vengo con lui mentre grido il suo nome. Spessi schizzi di sperma mi ricoprono le viscere e la mia figa pulsa, avida di ciò.

Rimaniamo chiusi insieme così per un lungo momento prima che lui faccia uscire la testa del suo cazzo e spalmi lo sperma che copre la punta su tutto il mio clitoride. La sensazione mi fa desiderare di più, sentendomi vuoto senza la sua larghezza dentro di me. Lo prego di spingermi indietro, di allungarmi e di darmi un altro carico.

Mi chino e lo accarezzo mentre lui mi prende in giro. Gemo e lo metto all'apertura, dondolando i fianchi per averne di più. È ancora duro e so che potrebbe scivolare dentro così facilmente dato che sono fradicio. Ma il suo controllo è indistruttibile poiché mi permette di prendermi in giro.

Si abbassa, baciandomi lentamente, e io emetto un piccolo gemito. Adoro questo momento dolce e tenero e voglio che continui.

Sento un altro getto di sperma sulla mia figa e provo a dondolarmi sulla testa del suo cazzo per prenderlo più in profondità. Ringhia e mi dà un ultimo bacio prima di liberarsi dalla mia presa e rimettermi a sedere. Sono stordito dal piacere per quello che abbiamo appena fatto e sono ancora desideroso di saperne di più. Il mio corpo è pieno di bisogno e lui mi ha fatto tutto questo in pochi istanti.

Osservo attraverso le mie ciglia mentre Gabriel si aggiusta i vestiti. Lo spettacolo è erotico. Vederlo tutto scarmigliato e dover rimettersi in sesto mi fa desiderare di nuovo tutto. Dio, cosa c'è che non va in me?

"Voglio che tu mangi. Tornerò tra qualche ora", dice prima di baciarmi a lungo e profondamente. Quando si tira indietro e cerco di riprendere fiato, mi lancia uno sguardo severo. "Non uscire di casa. Trascorri la giornata ordinando cose per la cameretta del bambino.

Con queste istruzioni, si stacca da me e lascia la stanza. Sono stordito quanto lo ero quando mi sono svegliato. Poi mi chiedo di quale cameretta stia parlando. Quello per sua sorella o quello per lui? Il pensiero che sia per lui mi rende un po' triste. Anche se questo bambino potrebbe avere una madre e un padre, Gabriel e io non saremo una coppia. Si tratta di avere un bambino e niente di più. Devo continuare a ricordare a me stesso che quest'uomo non è mio.

Capitolo9

Gabriele

Varco la porta dopo aver passato ogni secondo della giornata pensando alla mia Odette. Non volevo essere lì e tutti lo sapevano. Non mi interessa più. Ho detto a tutti nella sala del consiglio che le cose sarebbero cambiate molto presto. Non avrei impiegato le ore che facevo una volta, e se avessero avuto un problema con questo, avrebbero dovuto venire da me. Ho affidato le operazioni quotidiane al mio vicepresidente e ho ottenuto ciò di cui avevo bisogno dal mio ufficio. So che ci saranno molte e-mail di follow-up e teleconferenze, ma ho fatto quello di cui avevo bisogno oggi per assicurarmi di essere qui con la mia donna.

La chiamo e controllo la cucina prima di correre di sopra. Per un momento mi chiedo se la troverò di nuovo nella vasca da bagno e il mio cazzo eccitato pulsa all'idea. Cavolo, mi è piaciuto tantissimo portarla in quella vasca, ma finché riesco a infilarle il cazzo dentro, non mi importa dove sia.

"Elena? Bellissimo, sei qui?" Chiamo, ma ancora nessuna risposta.

Le mie sopracciglia si uniscono per la preoccupazione mentre mi guardo intorno nella stanza. Il suo cellulare non è più accanto al letto e la maglietta che indossava quando me ne sono andata è piegata e giace ai piedi del letto. Ricordo di aver messo i suoi sandali accanto alla sedia nell'angolo, ma sono scomparsi anche quelli. Non se ne sarebbe andata. Lo farebbe?

Il panico comincia a martellarmi nel petto mentre esco dalla stanza e percorro il corridoio. Controllo anche le altre stanze degli ospiti, per ogni evenienza, ma niente. Scendo le scale e controllo il mio ufficio e il soggiorno. Perquisisco ogni stanza della casa e quando torno in cucina, il cuore mi batte forte nelle orecchie.

«Odette!» Grido mentre cammino sul retro della casa e poi mi blocco quando sento il suono della musica.

Mi avvicino alla porta scorrevole in vetro, la apro e sento i suoni della musica pop provenire dal patio sul retro. Esco e mi tengo la mano davanti al viso per tenere il sole al tramonto lontano dai miei occhi. È allora che capisco perché Elena non mi ha risposto quando l'ho chiamata. È svenuta sul lettino a bordo piscina con la musica suonata sul telefono accanto a lei.

Indossa un bikini nero che le ho comprato e che ho messo nell'armadio al piano di sopra. Deve averlo trovato e si è infilata i sandali per uscire qui. Mi guardo intorno e non vedo un asciugamano, quindi non so se sia entrata in piscina oppure no.

La desidero dal momento in cui me ne sono andato e sono pronto ad averla di nuovo.

È sdraiata sulla schiena con un braccio sugli occhi, quindi faccio il giro del lettino e ci salgo sopra. Mi abbasso, slaccio la cintura e tiro fuori il cazzo gonfio. Sono duro e lei è rimasta ore senza il mio sperma dentro. È troppo tempo perché la sua figa possa aspettare.

Allungando una mano, slego i lacci neri sui suoi fianchi larghi e tiro giù il tessuto per esporre la sua figa. Mi sdraio sopra di lei e faccio scivolare il mio cazzo tra le sue piccole labbra umide, coprendola alla vista. Se qualcuno della sicurezza ci vede, mi vedrà semplicemente correre sopra di lei.

Spingo nella sua figa e lei geme nel sonno perché devo grugnire per entrare. È ancora così dannatamente stretta, anche dopo tutto quello che ho fatto per farla entrare. Una figa così bella è fatta per rimanere incinta. Adesso è tutta mia e emetto un ringhio mentre mi spingo in profondità.

Le sue cosce si allargano mentre il braccio si allontana dai suoi occhi. Mi alzo e le metto la mano sulla bocca. "Non fare rumore", dico mentre la metto sulla sdraio. "Non voglio che nessun altro senta ciò che mi appartiene."

Grugnisco come un vecchio sopra un'adolescente, e troppo presto le sto impazzendo dentro.

"Cazzo", ringhio, ma non mi tiro fuori. Continuo con il mio cazzo ormai coperto di sperma. "Quella bella fighetta mi fa sempre andare così veloce. Scommetto che anche tu vuoi avere il tuo." Abbassandomi, le tiro di lato il bikini, esponendo un accenno dei suoi capezzoli rosa ciliegia. "Cazzo, non vedo l'ora di vedere quel dolce latte gocciolare quando sono sopra di te."

Sento la sua figa stringersi ed è doloroso quanto sia piccola. Ma vale ogni stretta mentre lei geme contro il mio palmo e inizia a venire.

Chinandomi, succhio il suo piccolo capezzolo e lei geme sotto di me per l'orgasmo. La sborro di nuovo per buona misura, volendo assicurarmi che sia una mamma.

"Sei incinta," dico, leccandole il capezzolo un'ultima volta prima di coprirlo. Tiro fuori il cazzo e mi muovo solo un po' così posso abbassarmi e allacciarle il bikini dietro e coprire la sua figa ora cremosa e piena di sperma. "Ecco, molto meglio." Quando mi guarda confusa, sorrido. "Mi piace vederlo pieno di me", dico e le faccio l'occhiolino.

La prendo tra le braccia e la riporto dentro. Quando la porto su in camera da letto, decido di scoparla di nuovo mentre indossa ancora il bikini. Questa volta sposto semplicemente i pantaloni di lato e spingo via i triangoli che le coprono le tette. Vederli rimbalzare con il top del bikini su entrambi i lati mi fa venire di nuovo troppo velocemente. Mi faccio perdonare quando la prendo da dietro e le infilo il mignolo nel culo. La sua figa si apre così bene per me che posso tenere la punta del mio cazzo sulla sua cervice e pomparvi lo sperma direttamente dentro.

C'è qualcosa nell'allevarla che è perverso ma allo stesso tempo fottutamente sexy. Metterla nuda ogni volta è un rischio per la gravidanza, e mi rende dieci volte più difficile sapere che non c'è nulla che la protegga da me. Sono un animale pronto a darle una cucciolata e lei è la mia compagna in calore.

Capitolo 10

Odette

Faccio scorrere le mani tra i capelli corti di Gabriel. Ha la testa sulla mia pancia mentre dorme. La luce del mattino splende attraverso le grandi finestre della camera da letto ed è così tranquilla e perfetta. Se avremo un maschio, spero che assomigli proprio a Gabriel.

Mi chiedo che aspetto avesse da bambino. Il pensiero mi ricorda che in realtà non so molto di lui. I suoi occhi si aprono lentamente e mi sorride. Continuo a toccargli i capelli e a massaggiargli il collo e le spalle, non voglio rompere l'immobilità di questo momento. In qualche modo sembra intimo come quando facciamo l'amore.

Quando quel pensiero entra nella mia mente, lo fermo sul suo cammino. No, questo non è fare l'amore. Questo è il sesso. Giusto? Non che io possa notare la differenza. È l'unico uomo con cui sia mai stata. Ma il modo in cui mi fa sentire non può riguardare solo il sesso. È molto più di questo.

"Perché quella faccia, bella?" mi chiede. Cerco di calmare la mia espressione, senza rendermi conto di aver rivelato qualcosa. "Dimmi." Mi mordicchia la pancia, facendomi ridacchiare. Bacia il punto in cui ha morso e i suoi occhi tornano nei miei. La sua faccia è seria. "Se qualcosa ti dà fastidio, devo sapere di cosa si tratta. Non posso aggiustarlo a meno che tu non me lo dica."

So che ha ragione. Dovrei mettere le carte in tavola. Se stiamo per avere un bambino insieme, dobbiamo essere sulla stessa linea su tutto, in modo che le cose non diventino confuse. Anche se non sono sicuro che non abbiamo già oltrepassato quel limite. Provo già sentimenti profondi per Gabriel.

"Forse dovremmo stabilire delle regole o qualcosa del genere", dico, incerta su come esprimere quello che voglio. Cavolo, non sono nemmeno sicuro di cosa voglio. Ok, forse è una bugia. Voglio che mi dica che non si tratta solo di avere un bambino. Che anche lui prova dei sentimenti crescenti per me. Che non siamo pazzi per lanciarci in una relazione che potrebbe potenzialmente rovinare le cose con il nostro bambino, siamo così ansiosi di creare.

Mi dispiacerebbe pensare che sia tutto unilaterale e che mi sto innamorando ancora di più di lui. E se le cose andassero male e ci lasciassimo? L'idea di vederlo con qualcun altro mi fa venire voglia di vomitare. Se avremo un bambino, saremo sempre connessi. Non sopporto il pensiero di stare lontana e di non averlo tra le mie braccia, e ho bisogno di una linea chiara nella sabbia. Veloce.

"L'unica regola di cui abbiamo bisogno è che tu mi appartenga", ringhia, sedendosi completamente.

I suoi occhi si stringono e vedo la determinazione sul suo volto. È come se si trovasse di fronte a una sorta di sfida. Quale donna sana di mente non vorrebbe appartenere a lui? Certo che lo voglio, ma mi serve di più. Ho bisogno di sapere cosa comporta tutto ciò. Potrei non comportarmi come una donna all'antica, ma quando si tratta di impegno, è quello che ho sempre cercato. È per questo che sono stato solo così a lungo. Stavo aspettando quello. Cosa succede se lo trovo, ma lui non prova lo stesso? Ho bisogno che sia spiegato.

"Anche tu sei mio?" sussurro, guardandolo attraverso le ciglia. All'improvviso mi sento completamente insicuro di quale potrebbe essere la sua risposta. Mi si forma un piccolo nodo allo stomaco e sento il battito del cuore accelerare. "Voglio dire, più che semplicemente avere un bambino insieme."

Le mie parole sono affrettate e non so cosa aspettarmi. Così, quando il suo viso si addolcisce e mi spinge sul letto, mi sciolgo un po'. Si muove sopra di me e sentire il suo peso mi fa sentire al sicuro.

«Mi dispiace di avertelo fatto pensare, mia dolce Elena. Non si tratta di un bambino. Beh, non è iniziato così.

Si china e mi bacia così profondamente che tutti i miei dubbi si sciolgono. Va piano e si prende il suo tempo, come se non avesse nient'altro al mondo da fare oltre a baciarmi. È così bello che mi fa male il corpo per lui. Voglio suggellare questo bacio connettendomi il più intimamente possibile.

Quando si tira indietro, mi prende a coppa la guancia e incrocia i suoi occhi con i miei.

"Ti ho desiderato nel momento in cui ti ho visto per la prima volta. Poi, quando ho scoperto che volevi un bambino, sapevo che sarei stato l'unico uomo a dartene uno."

La mia bocca rimane aperta alla sua confessione. "Mi hai voluto dal primo momento in cui mi hai visto?" chiedo, desideroso di sentirlo dire di nuovo. Come può essere possibile?

"Ti volevo più che bene. Penso di essere diventato un po' matto," dice, ridendo e premendo la fronte contro la mia. "Ma non mi interessa."

«Pensavo che forse sapevi che volevo un bambino e che anche tu ne avevi sempre desiderato uno. Quindi potresti ottenere ciò che volevi. Niente di più," gli ammetto, e lui sorride compiaciuto. Potevo davvero sbagliarmi riguardo alle mie supposizioni fin dall'inizio?

"Bellissimo, non riesco a toglierti le mani di dosso. Voglio un bambino con te e nessun altro. Non sapevo nemmeno di volere dei figli finché non ti ho visto. Finché non hai dato vita all'idea nella mia testa.

"Questo è pazzesco." Mi mordo il labbro per trattenermi dal sorridere. È vero? Sta succedendo davvero?

"Te l'ho detto che sono già pazzo." Si stacca da me e salta giù dal letto. Si avvicina a un comò lì vicino e apre un cassetto. Dopo un secondo torna indietro con una scatola in mano.

Mi si ferma il fiato quando vedo la scatola di velluto nero appoggiata sul suo palmo mentre me la presenta. Sto sognando? Lui si inginocchia accanto al letto e io mi siedo, mettendomi le mani sulla bocca. Quando apre la scatola, vedo un diamante gigante scintillare nella luce del mattino. È rotondo e su una fascia delicata e sembra qualcosa che appartiene a un museo e non a questa camera da letto. Probabilmente mi stanno gli occhi fuori dalle orbite mentre lui mi sorride e lo tira fuori dalla scatola. Sono completamente in silenzio mentre me lo infila al dito, senza nemmeno chiedermi se lo sposerò. Mi sfiora le nocche con le labbra e poi si alza, baciandomi dolcemente sulle labbra.

"Possiamo finalizzare la cosa oggi. Allora saprai quanto sono serio a riguardo.

Fisso la roccia che mi appesantisce la mano. Sono ancora sotto shock e completamente senza parole. Questo è più che folle.

"Non ci conosciamo nemmeno." Mi fa un sorriso che mi fa pensare che stia nascondendo qualcosa. Poi mi colpisce. Se sapesse che volevo un bambino, probabilmente saprebbe quasi tutto di me. "Beh, immagino di non sapere molto di te."

"Ciò arriverà con il tempo. Ma mentre tu hai il mio cognome. Questo è per me per sempre, e chi dice che non possiamo imparare strada facendo", aggiunge prima di alzarsi e prendermi tra le braccia. "Possiamo sposarci entro la fine della giornata." Comincia a condurmi verso il bagno e io lo strattono per farlo fermare. Si gira a guardarmi, la giocosità scompare dal suo volto.

"Non sto dicendo che non voglio sposarti."

"Mi stai sposando", ribatte, e devo trattenere una risata. Vedo già come sarà la vita matrimoniale con lui. È possessivo e controllante, ma nel modo più dolce.

"Non posso sposarmi senza mia madre. Le spezzerebbe il cuore. Lei è l'unica famiglia che ho". Metto la mano sul suo petto nudo. "Sarà la nonna del nostro bambino."

"Bambini", corregge, ma io vado avanti.

"Ho bisogno che lei sia lì e che ti incontri. Prima d'ora eravamo sempre solo io e lei. Gabriel mi attira a sé così che i nostri corpi siano premuti insieme.

«Invitala a cena stasera. Voglio incontrare la donna che ha cresciuto la mia bellissima, dolce futura moglie. Gli avvolgo le braccia attorno al collo e lui mi prende in braccio facilmente.

Si avvia nuovamente verso il bagno e mi sento leggera e felice. Tutto nella mia vita ha portato a questo e tutto si sta riunendo. Finalmente tutti i miei sogni si stanno avverando.

Capitolo 11

Gabriele

Porto l'ultima borsa e la metto nella stanza accanto alla nostra. Forse oggi abbiamo esagerato un po' con lo shopping per bambini. Quando eravamo sotto la doccia le dissi che non avrei lavorato e che avremmo potuto passare l'intera giornata a guardare cose per bambini se avesse voluto. Lo sguardo sul suo viso mi arrivò dritto al cuore. E ho promesso a me stesso che avrei vissuto la mia vita assicurandomi di mantenere quello sguardo sul suo viso. Non avevo mai visto qualcuno illuminarsi in quel modo prima. Era così innocente e dolce. Non importa quello che serve, farò del bene per lei e per i nostri figli.

Mi guardo intorno in quella che era una stanza per gli ospiti. È proprio accanto alla camera padronale, quindi è la stanza perfetta per un asilo nido. Lo spazio è completamente vuoto dopo che l'ho ripulito oggi. Eravamo fuori a comprare delle cose per riempirlo e volevo che fosse una tela bianca per qualunque cosa Odette scegliesse.

Un briciolo di preoccupazione mi attraversa quando penso a come sua madre sarà qui presto. Per tutto il giorno ho continuato a cercare un modo per dirle che in realtà non avevo una sorella, ma non c'era mai il momento giusto. Avevo bisogno di dirle come ero davvero arrivato a trovarla, ma non riuscivo a oscurare il suo sorriso. Non riesco a trovare le parole giuste, ma so che devo dirglielo. Presto.

Una parte di me è terrorizzata perché non so come reagirà. Non ho mai avuto paura di nulla in vita mia, ma l'idea di perderla è più di quanto possa sopportare. Sconvolgerla non è qualcosa che sono disposto a fare. Ricordo a me stesso che, qualunque cosa accada, non la lascerò scappare. Lo scoprirò.

Spero di riuscire a convincere sua madre stasera e trascinarla in tribunale domani per renderlo ufficiale. Devo averla legalmente vincolata a me. Possiamo organizzare un matrimonio grande quanto vuole tra qualche mese, se vuole, ma ho bisogno che ci sposiamo adesso. Voglio che il mio nome sia impresso su di lei.

"EHI."

Mi giro e vedo Odette in piedi sulla soglia, con il sonno ancora nei suoi occhi. L'avevo portata in casa dopo che eravamo tornati a casa e avevo fatto l'amore con lei finché non era svenuta.

"Hey bellissima."

Mi avvicino a lei e la prendo tra le mie braccia. Come sempre lei si scioglie in me. Come ho avuto la fortuna di trovare questa dolcezza, non lo saprò mai. Ho odiato suo padre Vick quando l'ho incontrato, ma forse dovrei ringraziarlo per avermi dato una donna simile.

Non so come quello stupido stronzo possa allontanarsi dalla mia ragazza. Ha qualcosa di speciale nel suo cuore e la amo. L'ho potuto sentire dal primo momento in cui ho posato gli occhi su di lei. Qualcosa nel profondo dentro di me si è spostato ed è andato a posto. Non mi rendevo conto che la stavo aspettando da tutta la vita.

Mi abbraccia come fa sempre. Adoro la facilità con cui si concede a me. Dio, sarà una moglie incredibile e una madre meravigliosa per i nostri figli. Spero di poter essere all'altezza di tutto ciò che desidera.

"Mia madre mi ha mandato un messaggio. Sta arrivando.» Mi fa uno dei suoi grandi sorrisi.

Non è possibile che sua madre sappia chi ha sposato mia madre. Potrebbe? Ne dubito. Devo solo superare la serata senza che Odette lo scopra. Domani mattina ci sposeremo e poi glielo dirò. So che probabilmente dovrei farlo prima, ma non posso correre questo rischio.

"Vai a prepararti. Finirò la cena." Le do una piccola stretta al culo e la fa ridere prima di tornare nella nostra camera da letto.

La guardo allontanarsi e voglio seguirla, ma mi trattengo sapendo che se lo faccio, sua madre si presenterà mentre io sono nel profondo di sua figlia. Probabilmente non è la migliore introduzione reciproca.

Voglio che piaccio a sua madre. So quanto significa per Elena, e so quanto significa mia madre per me. Diavolo, è così che è iniziato tutto. A causa di mia madre e del desiderio di proteggerla da un artista della truffa, tutto ha portato alla mia donna.

Scaccio i pensieri dalla mia mente. In questo momento devo concentrarmi su come superare stasera.

Vado in cucina e controllo in anticipo la pasta che avevo richiesto. Poi comincio a tirare fuori i lati che lo staff aveva preparato per accompagnarlo. Apparecchio la tavola e mi assicuro che tutto sia perfetto proprio mentre Odette entra in cucina. Indossa un vestito azzurro ed è a piedi nudi. I suoi lunghi capelli scuri scendono dietro di lei e lei è praticamente luminosa. Sono abbastanza sicuro che sia incinta solo dalla luce intorno a lei. Non riesco a sopportare la distanza tra noi, la prendo per i fianchi e la faccio sedere sul bancone.

"Sono un po' nervosa all'idea di raccontare tutto a mia madre", ammette. Le sue piccole mani si intrecciano in grembo mentre si morde il labbro.

Uso il pollice per tirarle fuori il labbro inferiore dai denti. Poi le do un bacio veloce prima di strofinarle le mani su e giù per le braccia.

"Andrà tutto bene", le dico. «Me ne assicurerò.»

"Non puoi controllare tutto." Lei scuote la testa verso di me.

Forse no, ma sono sicuro che posso arrivarci molto vicino. Mi metto tra le sue gambe e lei appoggia le mani sul mio petto.

"Lo voglio così tanto. Sembra tutto così giusto. Voglio che piaci a mia madre. Voglio piacere alla tua famiglia.

Le sue dolci parole mi scaldano. Faccio scorrere le mani sui suoi fianchi e la stringo lì. Abbasso la fronte sulla sua e faccio un respiro profondo. Cavolo, devo raccontarle della mia famiglia. Avrei dovuto farlo fin dall'inizio, ma non l'ho fatto. Ora devo solo farlo e pubblicarlo già.

Appoggiandomi allo schienale, la guardo negli occhi e apro la bocca.

"Elena..." comincio, ma le mie parole vengono interrotte quando sento la voce di mia madre provenire dall'ingresso della casa.

"Brooky! Ero nel quartiere."

La sua voce sempre allegra arriva dall'ingresso. Cavolo, avrei dovuto dire al cancello principale di farmi sapere se mia madre fosse venuta. Non mi avvisano mai quando arriva. Ha il permesso di andare e venire a suo piacimento, e ora probabilmente dovrei cambiare la situazione. Non voglio che lei o nessun altro entri qui mentre potrei far sdraiare Odette sul bancone della cucina. Non ho mai avuto quella preoccupazione prima d'ora.

Tuttavia, mentre il panico mi invade il petto, mi rendo conto che questo potrebbe essere il momento in cui tutto mi esploderà in faccia.

Il suono dei suoi tacchi che si dirigono verso di noi è inquietante. Prego che mia madre sia sola, ma quando la vedo entrare in cucina, mi rendo conto che la mia fortuna è finita.

Capitolo 12

Odette

Gabrieletutto il corpo di è teso. Provo a girarmi per vedere la donna che lo chiamava Brooky. Sarebbe meglio non essere più quel vicino. Potrei perderlo questa volta. Ora che so che Gabriel è tutto mio, posso rivendicare i miei diritti quanto voglio. So anche che pensa che quella donna sia pazza da morire e che il suo avvocato avrebbe dovuto occuparsi di tutto. Ne ero fin troppo felice. Non voglio che Gabriel le sia vicino.

Non sono preoccupato per lei, però. So che Gabriel vede solo me. Quando eravamo fuori oggi, la maggior parte della gente sapeva chi fosse. Le donne lo fissavano apertamente, ma lui non se ne accorgeva nemmeno. Tutta la sua attenzione era su di me. In effetti, era lui il geloso. Qualsiasi ragazzo che provasse anche solo a parlarmi, o ringhiava o abbaiava contro di loro per allontanarsi da me. Per questo motivo avevo dovuto lottare contro le risate per gran parte della giornata. Forse ho sbagliato a trovarlo divertente e adorabile. La verità è che mi ha fatto sentire desiderato. Come se avesse paura che qualcuno potesse provare a portarmi via da lui. Il mio dito va all'anello di diamanti che ho al dito. Sia io che Gabriel continuiamo a giocarci distrattamente.

GabrieleIl grosso corpo di Mi blocca la vista su chiunque sia appena entrato. "Ho portato Vick con me", la sento dire.

"Cazzo," dice Gabriel, con voce irritata e arrabbiata.

Quando mi guarda non riesco a leggerlo, ma so che qualcosa non va. È serio e sembra un po' in preda al panico mentre mi prende il viso tra le mani.

"Ti amo", mi dice, cogliendomi alla sprovvista. "Dimmi che lo sai."

"Cosa c'è che non va?" chiedo, incerto su cosa diavolo stia succedendo.

"Ti amo", dice di nuovo, subito prima che la sua bocca si posi sulla mia in un bacio intenso.

Mi toglie il fiato, ma mi toglie anche la possibilità di dirglielo. Le sue mani affondano nei miei capelli e mi tengono prigioniera mentre mi divora.

"Elena." Mi blocco quando sento qualcuno che non conosco pronunciare il mio nome proprio. Nessuno mi chiama così tranne Gabriel, e talvolta mia madre.

Gabriele si stacca dal bacio e mi guarda negli occhi. "Ti amo", dice di nuovo prima di farsi da parte e farmi vedere chi c'è nella stanza.

Comincio a sorridere quando vedo una donna alta e anziana con gli stessi occhi di Gabriel in piedi lì, in pantaloni bianchi e una camicia blu scuro. I suoi capelli grigio-biondi sono corti e pettinati lontano dal viso. Lei si avvicina a lui e apre le braccia.

Mi si stringe lo stomaco quando vedo chi c'è con lei. L'uomo che ha detto il mio nome.

"Vick?" Il suono del suo nome è quasi accusatorio, ma non mi interessa. Sembra scioccato nel vedermi quanto io lo sono nel vedere lui.

"Conosci mio marito?" Mi chiede la mamma di Gabriel con un sorriso sul viso.

I miei occhi vanno a Gabriel. "Che cosa?" chiedo, avendo bisogno che riempia alcuni spazi vuoti. Sono confuso e all'improvviso il panico comincia a salire nel mio petto.

"Non è mio padre", aggiunge rapidamente Gabriel. "Mia madre lo ha sposato poco tempo fa."

Provo un accenno di sollievo per il fatto che non sia mio maledetto fratello, ma questo ci rende comunque... cosa? Fratello e sorella per matrimonio. Oh Dio, è il mio fratellastro? La mia mente corre per tenere il passo con ciò che sta accadendo.

"Sei mio. Mia moglie, la madre dei miei figli", stride Gabriel, e riduce la breve distanza tra noi.

Come al solito cancella tutti i pensieri nella mia mente solo con la sua presenza. Non so come faccia a sapere sempre cosa sto pensando. Mi rassicura il fatto che siamo fatti l'uno per l'altra. Due metà di un tutto. È così che ci siamo riuniti così in fretta.

"Tu sei sposato!" Sento mia madre urlare e chiudo gli occhi. Merda. "Vick?" Sento dire a mia madre dopo. La domanda è chiara nella sua voce. Probabilmente si starà chiedendo cosa diavolo ci fa qui.

Questo è un disastro. È troppo complicato perché sia successo tutto da solo. Mi guardo intorno e vedo che tutti mi fissano. Rivolgo lo sguardo a Gabriel. È allora che conosco la verità nel mio cuore.

«Sapevi che era mio padre, vero?» Lui annuisce. "Non hai nemmeno una sorella incinta, vero?" Scuote la testa.

Anche dopo aver scoperto questi due pezzi del puzzle, questo non ha ancora alcun senso.

"Perché?" Chiedo. "Perché hai fatto tutto questo?"

"Sapevo che Vick era un pezzo di merda nel momento in cui mia madre è tornata a casa con lui", dice Gabriel, e vedo l'onestà nei suoi occhi.

"Gabriele!" sua madre urla e mia madre sbuffa dalle risate.

"Un pezzo di merda", ripete con enfasi mentre fissa sua madre prima di rivolgere nuovamente la sua attenzione a me. "Ho iniziato a scavare dentro di lui per dare a mia madre la prova concreta che stava ignorando, e ho trovato te: sua figlia." Le sue mani si avvicinano al mio viso e mi tiene così che non posso distogliere lo sguardo.

"Hai una figlia?" La mamma di Gabriel grida di nuovo, ma questa volta a Vick. Li ignoro. Questo è più drammatico di quanto non sia mai stato.

"Ti ho detto che ti volevo dal momento in cui ho posato gli occhi su di te. Ho organizzato quell'incontro e ho fatto finta di doverti assumere. Allora eccoti lì. Eri nel mio ufficio e sapevo che, se avessi voluto, avrei potuto portarti a casa mia quel giorno stesso. Abbassa la fronte sulla mia. "E lo volevo più di ogni altra cosa. Non avevo mai provato così tanto tutto in una volta, Beautiful. Devi credermi. Ero innamorato all'istante e non volevo correre il rischio di perderti. Una volta che ti ho portato qui, sapevo che non avrei mai voluto che te ne andassi. Temevo che quando avresti scoperto le mie bugie avresti provato a lasciarmi. La sua voce è densa di emozione.

È andato così lontano per prendermi. Forse lo ha fatto nel modo sbagliato, ma so che farebbe sempre tutto il possibile per avermi al suo fianco. Per rendermi felice e tenermi al sicuro. È scritto su tutta la sua faccia in questo momento. Mi ama con ogni centimetro del suo cuore. Se avessi pensato per un secondo che non lo avesse fatto, allora non avrei accettato questo in primo luogo. Ma ho saputo da qualche parte nella mia anima dal momento in cui ci siamo incontrati che questa cosa tra noi è il vero affare.

"Forse dovremmo andare." Alzo lo sguardo e vedo mia madre in piedi proprio accanto a noi. Gabriel si tira indietro e la guarda.

"Sono innamorato di tua figlia. Se mi dai una possibilità, lo dimostrerò", le dice.

Mia madre gli sorride, poi allunga la mano e gli mette la mano sul braccio.

"Va bene. Tornerò di nuovo domani. Proviamo a cenare di nuovo." Gli dà una piccola stretta al braccio prima di girarsi a guardarmi. "Chiamami domani", dice, baciandomi sulla guancia. "Ciò che ti rende felice, rende felice me. Non me ne frega niente di Vick. Ti ho preso grazie a lui, quindi è difficile odiarlo", mi sussurra all'orecchio. "Ma Gabriel ha ragione, è un pezzo di merda."

Combatto un sorriso. Non c'era bisogno che me lo dicesse. Mia madre vuole sempre ciò che è meglio per me e tutto ciò che mi rende felice.

Mia madre si avvicina alla madre di Gabriel e si presenta ignorando completamente Vick. Sembra che la mamma di Gabriel voglia uccidere Vick. Immagino che, come tutte le donne della sua vita, neanche lui sia stato onesto con lei.

Mia madre mi fa un ultimo sorriso prima di andarsene, e poi Gabriel mi abbraccia.

Alzo lo sguardo e vedo la mamma di Gabriel e Vick, che sembrano essere impegnati in una discussione sussurrata che diventa sempre più accesa di secondo in secondo. Non riesco a sentire cosa dicono da qui, ma il volto di Vick si indurisce e ho la sensazione che le cose tra loro stiano per cambiare.

Capitolo 13

Gabriele

"Sei in grado di gestire questa cosa, mamma?" chiedo mentre mi allontano da Odette e mi metto di fronte a lei. Voglio assicurarmi che sia protetta da qualsiasi cosa lui possa provare. Tenerli separati in generale è una buona idea.

"Sì", dice e raddrizza le spalle.

Potrebbe prendere decisioni sbagliate, ma è un uccellino duro. La guardo mentre tira fuori il cellulare e ci scrive qualcosa.

«Puoi prendere le tue cose da casa. La mia sicurezza farà in modo che tu non prenda nulla che non ti appartenga. E il mio avvocato chiederà l'annullamento". Alza lo sguardo e lancia a Vick uno sguardo mortale. "Faresti bene a non opporti, altrimenti ti trascinerò in tribunale finché non ti rimarrà più niente."

«Non ha già niente» dico, e Vick mi guarda stringendo gli occhi.

Per un secondo sembra che voglia sfidarmi, ma poi guarda oltre e i suoi occhi si addolciscono. Vedo che le sue ruote stanno già cominciando a girare. Se non riesce a impossessarsi del patrimonio di mia madre, forse può in qualche modo insinuarsi nella vita di Odette e arrivare alla mia.

"Elena, tesoro..." inizia, ma lei mi aggira e lo interrompe.

"Non puoi dire il mio nome. Non scoprirai nulla di me. Hai rinunciato a questo diritto il giorno in cui hai detto a mia madre di sbarazzarsi di me. Poi hai continuato a fare quella scelta in ogni istante che è passato da loro ad oggi. Hai preso la decisione di vivere la tua vita come volevi, e per me va bene. Ma ho deciso di vivere senza di te e non tornerò indietro. Mai."

Metto la mano sulla schiena di Odette, offrendole sostegno. Questa è la sua decisione, ma non permetterò che una sanguisuga entri nella sua vita e le tolga tutto ciò che è buono e puro.

"Amo Gabriel", dice, e sento il mio petto crescere d'orgoglio. Lei si gira a guardarmi negli occhi e sorride. "Io faccio. Ti amo tanto. Tu sei quella."

È così semplice e così perfetto.

"Ti amo anch'io," dico mentre lei mi sorride dolcemente.

"Gabriel continua a dirmi che questa è casa nostra, la casa dove cresceremo i nostri figli. Senza mancarle di rispetto, signora Cole», dice e fa un cenno a mia madre. «Vorrei che te ne andassi di casa mia, Vick, e vorrei che non tornassi mai più.»

Sembra che potrebbe avere qualcosa da risponderle, ma invece alza le mani e borbotta imprecazioni mentre se ne va.

"Mi farò sentire", dice mia madre avvicinandosi e baciandomi sulla guancia. «E sarò qui anche domani a cena. Da solo. Penso che abbiamo bisogno di un'opportunità per incontrarci adeguatamente".

"Mi piacerebbe", dice Odette e ricambia l'abbraccio.

Mando un messaggio alla mia sicurezza per seguirla a casa. So che ne ha una sua, ma non fa male avere qualche backup per persone come Vick. Non sono preoccupato, però. Tra lei e l'entourage che ha a casa sua, ha risolto il problema. E onestamente, ha bisogno di tirarsi fuori da questa situazione. L'avevo avvertita di Las Vegas.

Quando la porta d'ingresso si chiude, mi rivolgo a Odette. "Scusa, bello."

"Scusa per cos..." strilla mentre la prendo tra le braccia e la metto sulle mie spalle.

Cammino attraverso la casa e salgo le scale fino alla nostra camera da letto. «Mi dispiace che dovrai aspettare per la cena. Tu ed io abbiamo qualcosa da festeggiare. E non ho intenzione di usare le parole per farlo.

"Perché festeggiamo?" Lei ridacchia mentre mi dà una pacca sul culo.

Le do una pacca sulla schiena e lei si dimena sulla mia spalla.

"Per un secondo ho pensato che tutto il mio mondo mi stesse crollando addosso. Ora che so che non è così, voglio festeggiare. E per farlo, ho bisogno che il mio cazzo entri nella tua piccola figa stretta dieci pollici mentre ti metto incinta.

Questa volta, quando si muove sulla mia spalla, so che non è per gioco. Quando la lancio sul letto e le sue gambe si aprono automaticamente, le rivolgo un sorriso malizioso. Dio, adoro allevarla.

Epilogo

Gabriele

Un anno dopo...

"È così forte", dice mentre tiene in braccio il nostro bambino.

Lui le tiene la mano attorno al dito e conosco la sensazione. Anch'io sono avvolto altrettanto stretto per lei. Non c'è niente al mondo che la mia bellissima sposa possa chiedere che io non le fornirei.

Nostro figlio ha pochi mesi ormai ed è la luce della nostra vita. Avevo ragione quando pensavo di averla messa incinta al primo tentativo. Il suo corpo era maturo e pronto fin dall'inizio, e ora ne abbiamo già un altro in arrivo. Non abbiamo perso tempo dopo che è stata scagionata, ed è successo subito. Non riesco a tenere il mio cazzo fuori da lei, e lei non può starne lontana. È davvero una combinazione pericolosa.

"Lo metto a letto", dice, portandolo nella culla e mettendocelo dentro. Accende il suo apparecchio audio e il baby monitor.

Mi avvicino a lei, vicino alla culla, e mi sposto dietro di lei. Metto una mano sulla sua pancia in crescita e l'altra sulle mutandine. Non faccio nulla, mi piace solo prenderle la figa e sentirla contro il mio palmo.

"Sta diventando così grande," sussurro e le bacio il collo.

Il suo culo si muove contro il mio cazzo e so che lo vuole. Ma questo momento è così dolce che non sono pronto a che finisca.

Mio figlio è forte e sano e mia moglie è incinta del nostro secondo figlio. È così fertile e arrapata che me lo fa venire duro a ogni ora del giorno. Combatto costantemente con me stesso per non bere tutto il suo latte e lasciarla dormire tutta la notte.

Il mio dito scivola tra le sue labbra e sento l'umidità lì. "Due ragazzi a dieci mesi di distanza." Sorrido e le mordo il collo. "Cosa faremo?" Le strofino un po' il clitoride, procedendo lentamente. Non abbiamo fretta.

"È pazzesco, ma lo siamo anche noi", dice mentre si appoggia allo schienale e mi guarda. "Portami a letto."

Tiro fuori le dita dalle sue mutandine e le lecco mentre lasciamo la cameretta e andiamo in camera nostra. Una volta dentro, si spoglia e si sdraia al centro del letto, proprio come piace a me. Il suo corpo è nudo e le sue gambe sono aperte, e mi accoglie come un re che torna dalla battaglia.

Mi arrampico su di lei e infilo la punta del mio cazzo nelle sue pieghe bagnate e lo strofino lì. Non la entro ancora, perché voglio prima il mio gusto. Le bacio il petto e le tette lattiginose mentre una goccia di crema dolce rotola giù e la lecco. È più dolce ora che è incinta e non ne ho mai abbastanza. Mi strofino il suo capezzolo sulle labbra e poi lo strofino lì prima di spostarmi sull'altro.

"Sei così fottutamente pieno e stretto. So che quando ti scoperò, vedrò quelle gocce cremose uscire ad ogni spinta.

Lei geme e la sua figa si stringe attorno alla punta. Il pensiero mi fa pulsare il cazzo e non posso più aspettare. Devo scivolare nella sua umidità. È ancora così stretta che mi stringe il cazzo fino a farmi male, ma lo ignoro mentre la prendo forte. Continuo a pensare che se la sborro abbastanza, l'unico bambino si trasformerà in gemelli. Un uomo può sognare, giusto?

Le afferro il sedere e mi appoggio all'indietro per non schiacciare il bambino. E in questo modo posso accarezzarle la figa mentre sono dentro di lei. A volte mi piace ancora chiamarla la mia sorellina quando scopiamo e sussurrarle tutte le cose brutte che le avrei fatto se fossimo stati adolescenti insieme. Adora le chiacchiere sporche tanto quanto me, e qualcosa nel tabù di essere semi-imparentati la eccita.

Le nostre vite sono perfette e anche se all'inizio potremmo essere un po' meno convenzionali rispetto alla maggior parte delle persone, non cambierei nulla. Voglio trascorrere ogni secondo di ogni giorno facendo sorridere lei e i nostri figli. E farò tutto il necessario affinché ciò accada.

"Ti amo bella."

Le sue cosce si allargano mentre mi massaggia il petto e mi bacia. "Anch'io ti amo."

Il suo corpo risponde come sempre e sento che sta arrivando l'orgasmo. La stuzzico quel tanto che basta per farla eccitare così che quando viene sul mio cazzo mi copre di crema. Premo il mio petto contro il suo mentre l'orgasmo la investe, e posso sentire il liquido caldo del suo latte su di me. L'odore e la sensazione sono più di quanto possa sopportare e la spingo in profondità, venendo dentro di lei più forte che posso. Impulsi di sperma le ricoprono il grembo e sento la sua figa che cerca di prenderlo tutto.

Ci giro in modo che sia adagiata sul mio petto e la stringo a me. Non c'è niente al mondo che amo di più che addormentarmi con la sua figa avvolta attorno al mio cazzo. Nostro figlio è ancora piccolo, quindi quando piange di notte, sono io che si alza e gli dà da mangiare. Quindi apprezzo questi momenti con Odette finché posso.

"Vai avanti e dormi, bella", dico, baciandole la sommità della testa.

"Sto già sognando", risponde, e sorrido mentre ci addormentiamo.

Epilogo

Dieci anni dopo....

"Non ti è permesso piangere nel posto più felice della terra", dice Gabriel alla nostra bambina.

Sta cercando di comportarsi da duro, ma so che sta per darle la Minnie Mouse che sta chiedendo. Nostra figlia è la più giovane di sette figli. E l'unica ragazza. Volevo una bambina, ma Gabriel continuava a darmi dei maschi. Alla fine, quando l'abbiamo avuta, ho detto che avevamo finito. Sono rimasto sorpreso dal fatto che Gabriel sia andato d'accordo così bene, ma mi dà sempre quello che voglio, senza fare domande.

Guardo Gabriel pagare la Minnie e dire a nostra figlia che non ne riceverà più per il resto della giornata. Guardo i suoi fratelli che stanno tutti aspettando vicino alla porta. Ognuna di loro porta con sé i Minnie che ha già ricevuto oggi. Ma in ogni negozio in cui andiamo lei ne chiede uno nuovo e nessuno di loro può dirle di no. Alzo semplicemente gli occhi al cielo e rido. È così viziata ma anche così protetta. Se suo padre non fosse già abbastanza cattivo, avere sei fratelli maggiori che si prendono cura di te è come avere il tuo esercito personale. Ma tutti adorano lei mentre portano in giro i suoi animali di peluche rosa e cavalcano tutte le giostre che vuole. Grazie a Dio, perché se dovessi salire ancora una volta sulle tazze da tè, potrei strapparmi i capelli. Ma sono tutti così pazienti con lei.

Sono così grato che le nostre mamme e i nostri figli possano essere qui insieme. Quando ho detto per la prima volta che volevo venire alla Disney per le vacanze, alcuni dei ragazzi più grandi si sono lamentati, ma poi si sono chiusi subito dopo uno sguardo di Gabriel. Fa del suo meglio per mantenerli a posto, ma so che farebbero tutti qualsiasi cosa volessi.

Guardo le nostre mamme unirsi a tutti e sette i bambini in fila per il giro successivo. Loro due si divertono quasi quanto i bambini. Ero preoccupato che continuassero a stare al passo, ma mentre i bambini si stancano e cercano di andare a letto, le mamme li trascinano fuori per averne ancora. Per fortuna la mamma di Gabriel ha buttato Vick sul marciapiede molto tempo fa, e da allora non abbiamo più avuto sue notizie. Negli ultimi due anni esce con un fisioterapista con cui mia madre l'ha messa in contatto e sembra essere davvero felice. A volte vorrei che mia madre uscisse con qualcuno, ma lei dice che non riesce a trovare il tempo. Personalmente penso che abbia una situazione di amicizia con benefici con un altro medico nel suo studio, ma non me lo ammetterà mai. Finché è felice. Questo è tutto ciò che conta.

Sento Gabriel arrivare dietro di me e avvolgermi le braccia intorno alla vita. "Ti stai divertendo?" mi chiede baciandomi sul collo.

"Lo sai che lo sono," dico mentre mi strofino le braccia che mi ha avvolto.

Appoggiandomi a lui, sospiro e sento tutto lo stress della vita domestica svanire. Sono fortunato che Gabriel sia così attivo e che abbiamo entrambe le nostre mamme ad aiutarci, ma con tutti i bambini e le loro cose del doposcuola, può essere molto da tenere al passo. Venire qui è stato un modo per stare insieme divertendosi, e non vedo l'ora di tornare.

"Le nostre mamme non vedono l'ora di portarli ai fuochi d'artificio stasera", dice, facendomi scorrere il naso sul collo.

"Mi dispiace che ci mancheranno", dico, ma poi sorrido. "Immagino che dovremo crearne alcuni da soli." Mi giro tra le sue braccia e guardo il suo volto sorridente. "Pensa di potercela fare, signor Cole?"

Appoggia la fronte contro la mia e sento la sua mano scivolare sul mio sedere. "Sig.ra. Cole, faresti meglio a stare attento. Non osare lanciarmi una sfida.

"Mi stai palpeggiando in Disney. Sono abbastanza sicuro che Topolino avrà qualcosa da dire al riguardo.

Mi dà un colpo sul sedere e io strillo e ridacchio. Cerco di staccarmi da lui, ma la sua presa si fa solo più forte.

"Sfido quel topo a cercare di portarti via da me."

"Nessuna possibilità al mondo," dico, avvicinandolo a me e posandogli un bacio sulle labbra.

Sono così perso in noi due soli che non sento nessuno avvicinarsi a noi. Quando ci separiamo dal nostro bacio, sono scioccato nel vedere Mickey in piedi lì con le mani sui fianchi, che batte il piede. Le mie guance diventano rosse come se fossi stata sorpresa da un insegnante che pomiciava con il mio ragazzo dietro le gradinate.

"Scusa, Mickey," mormoro, e poi scoppio a ridere.

"Non lo sono", dice Gabriel e mi attira ancora di più. Lo sento stringermi il sedere ancora una volta prima che Mickey ci saluti e continui a camminare.

"Penso che questo abbia reso unica la mia vacanza", dico e rido di nuovo per quanto fosse ridicolo.

"Attento, bello", mi dice Gabriel all'orecchio. "Stasera ti scoperò come una sporca principessa."

Un brivido caldo mi percorre la schiena mentre penso a tutti i modi in cui mi amerà. Il luogo più felice della terra può diventare ancora più felice? Penso che lo scoprirò.

FINE

Don't miss out!

Visit the website below and you can sign up to receive emails whenever Ashley Colem publishes a new book. There's no charge and no obligation.

https://books2read.com/r/B-A-TMQAB-FVSRC

BOOKS 2 READ

Connecting independent readers to independent writers.

Did you love *Amore Improbabile*? Then you should read *Limite Superato*[1] by Ashley Colem!

[2]

Una vita di droga, sesso e rock'n'roll è un demone che Rick Fender accetta come suo destino. Non è una storia d'amore. È un'avventura e le cose stanno per andare storte...

Rick Fender è pronto a vivere una vita più facile. È stanco della fama ed è stufo delle donne più giovani. Più invecchia, più loro diventano giovani. Era un maledetto circolo vizioso nel quale era stanco di restare intrappolato.

Anette Felix è stata cacciata dalla sua famiglia adottiva il giorno del suo diciottesimo compleanno. La gravidanza che ha cercato di nascondere le ha portato via la breve giovinezza che cercava di mantenere.

---

1. https://books2read.com/u/mZpX1E

2. https://books2read.com/u/mZpX1E

La vita è stata difficile per lei e ha imparato a sopravvivere. Oggi, all'età di 28 anni, ha un buon lavoro nel settore assicurativo e si occupa dell'ammissione in un college locale.

Quando la leggenda del rock Rick Fender entrò nell'ufficio dell'università, voleva ottenere l'autografo di suo figlio, ma la sua arroganza gli fece cambiare idea. Come ogni altro uomo, Rick è una delusione.

Fino a quando... non lo era più.

Also by Ashley Colem

Bien Trop Brutal

Obsede Par Elle

Limite dépassée

Amour Improbable

Kataliya, la Parfaite Élue

Le Choix Ultime d'un Seul Amour

Réveille-toi, Barbara

Sexe à Répétition

Taïna est en feu

Captive d'une Nuit Enneigée: Jusqu'à ce qu'elle apparaisse et que son âme se sente captivée

Ces Attouchements Tabous: Cette nuit-là, il a changé ma vie pour toujours

Épuisement: Sienna est peut-être jeune, mais son corps sait ce dont il a besoin

Il va l'avoir: William veut Jesse plus que tout au monde

La Femme de ses Rêves: Il est obsédé par la jeune beauté qui lui a volé son cœur

Le No 1 des Connards: Il ne cherche pas d'excuses pour ce qu'il est ou ce qu'il fait

L'étrange Mariage du Milliardaire

Maintenant... Elle est à moi pour Toujours: Je mets un bébé dans son ventre et une bague en diamant à son doigt

Piégé par elle

Tenir si Fort: Il ne savait pas qu'une obsession pouvait s'emparer de lui aussi fort

Un Alpha de Mauvais Caractère: Aucune femme n'a jamais été capable de le gérer

Un Échange Très Étrange: Le destin de Cian et de Serenity, croisés dans un lycée américain

Limite Superato

Amore Improbabile